白いカラスとミコの護符

上巻

堂夢真子

Mako Domu

文芸社

ハヤミは思わず自転車を停めた。模造《もぞう》のトンネルを思わせる夏の林道に、右手側に、下り坂が見える。学校の帰り道だった。車が一台通れる細い下り坂に、ハヤミは、自転車を向けた。高校が夏休みに入る前にハヤミは、確かめたいと思った。家が所有する山小屋を、年に一度のこの時期に大掃除をするのだ。常にのんびりとしたハヤミが汗を流し、無心に奉仕する。その夏の時期が今年も近づいていた。

クッ、とハンドルの急ブレーキに何か白いモノと〝ぶつかった〟

襲う真の恐怖にハヤミは赤く染まる、白い翼を見る。

森の動物。白い翼を赤く染める嘴《くちばし》の大きな鳥。不細工な鳥の白い体が赤く、血に染まる。

大変だ。自転車を停めて、背負いのリュックの中身を自転車の前サックにぶちまけて、ハヤミは、赤く染まる翼に包帯を求める。ふと白い自分の制服を見て学校の、半袖シャツを脱いだ。止血に、シャツを使いハヤミは、グッタリとした鳥の顔が恐くて背負いのリュックに、静かに入れる。向かうは町の、動物病院だった。

白い鷗《かもめ》のような鳥を背にハヤミは、急ぎ町の動物病院を目差す。指の、空回りに自転車の変速ギアが、壊れているようだ。背中の重みに、ハヤミは、重いペダルを、体重に、漕いだ。

白い鳥に遭遇した山裾から町の入り口まで二十五分。動物病院はそこから町の主要道路を西に向かい、卒業した小学校を右奥にさらに十五分ほど、走る。

ペダルを踏む足が重い。夏の陽差しに喉が渇く。背中の重みに、両肩にかかる白い鳥の命の重さがハヤミを前に押した。


「助けてください」

両手を付き傾《なだ》れ込んだ動物病院の待合室に女性の、甲高い声がキャーと上がった。

「変態!」

ものが、降ってくる騒ぎに巻き込まれてハヤミは、細い声を上げた。

「誤解です。やめてください」

すでに、泣きたい気分だった。

「何の騒ぎだ」

顔を、出してくれた獣医の先生にハヤミは、「助けてください」と言った。

まぁまぁと事を、鎮めてくれた獣医の先生が、ハヤミを見て、言った。

「上半身裸の君が悪い」

昭和時代の画家、山下清のような格好で飛び込んでくれば、騒ぎになる。「見ろ」と、促した。

室内で、診察の順番を待つ女性達の口がヒソヒソと噂を立てる。

「そうなの。あの子があの、ハヤミ家の……」

オホホホと、笑ったのだ。

恐縮にハヤミは、その人達に、謝った。

「急いでいたので、すみません」

「それで」と、獣医は、立つのも辛そうな少年の手を引き寄せて、「何があった」と言った。

すみませんと言ってハヤミは頼みに、打ち明ける。

「背中のリュックの、手負いの白い鳥をお願いします。出血がひどくて……」

獣医の手がリュックを下から持ち上げて、その重さに「分かった」と言った。

来なさいと言われてハヤミは、獣医の腕に支えられながら診察室の、奥の扉に入る。肩の荷を下ろされて「休んでなさい」と、獣医の目が示した椅子にハヤミは、腰を下ろした。そこは動物病院の、処置室だった。怪我の程度によっては、ここまでは入れるのだ。

「ハヤミ君」

女性の声に「裸では何だから」と、頭からTシャツを着せられた。獣医の奥さんだった。

「これでいいわ。怪我は、してないようね」

言われてハヤミはそこで初めて、自分の身体を調べる。急に現れた白い物体に慌てて、自転車にブレーキを掛けた。ハヤミの身体に傷はない、良かった。

切り傷、すり傷一つで何事かと大騒ぎになる。一人息子、当家の跡取り。幼少の頃から自分の身体に傷を作ることすら禁じられた生活を送ってきた。

「はい、お水よ。喉、渇いたでしょう」

獣医の奥さんに持たされたコップの水を前に、ハヤミは一口、渇きに喉を潤しながら、ゆっくりと、飲み込む。

「いくつになったの」

壁の洗面台で手を洗う獣医の奥さんが、微笑んで言った。

「今年でいくつになるの」

ハヤミの誕生日は、まだ先だった。

「今年で十七になります」

「そう。もうそんな歳になるのね」

獣医の奥さんが、歳月が経つのは早いと言った。

内科を専門に扱う獣医の奥さんが、外科の治療を得意とする獣医の先生の、補佐役を務める。阿吽の呼吸に白い翼を持つ鳥の処置が、進められていく。

空《から》の、コップをテーブルに置き、ハヤミは、二人の背中に少し後悔する。学校の帰り道だった。寄り道に坂を、下りずに、真っすぐ家に帰ればよかった。まるで何かに導かれるように、気持ちが騒いだ。行かなければ、確かめたい。そんなあやふやな気持ちを隠すように、自転車を走らせて森の動物を、傷つけてしまった。自分があの横道の、坂を下《お》りなければ、白い鳥は翼を赤く染めるケガなどしなかった。滅多に車など通らない、主要道路から外れた裏道だ。通学路に最適な裏道で起きた、初めての接触事故。白い鳥の具合はどうなのだろう。

「CTの用意を」

「はい」

二人の医師の背中にハヤミは、祈る思いで検査が終わるのを待った。独りにハヤミは、動物病院の処置室で少し気になり始める。不格好に見えたあの白い鳥だ。文鳥の嘴を巨大に、先を長く、まるで鴎《かもめ》のように見えたあの白い鳥。あの鳥は本当に森の動物なのだろうか。どこからともなく紛れ込んだ鴎《かもめ》。いやいや海から遠く離れた台地の森の中に、鴎《かもめ》が生息するはずがない。第一に鴎《かもめ》の嘴は細い。身体は白いが、嘴の大きさが違うのだ。

分からない。見たところ、かなり変な鳥だった。あの鳥の正体が何なのか、獣医の先生が答えを出してくれると思う。

それにしても、時間がかかる。今、何時頃なのだろう。

ガチャッと扉が開いて、獣医の先生が、少し複雑な渋い顔をする。頭を抱えてカリカリとかき、困った顔を横に振り、フムとなる。

「カラスだ。君が持ち込んだあの白い鳥は、カラスだった」

獣医の口元を目に声を耳にハヤミは、苦しくて、一呼吸、置いた。

「カァと鳴く、あのカラスですか。いつも上空を飛んでいる」

「そうだ」

即答的な獣医の言葉にハヤミは、混乱した頭で言った。

「カラスは黒だ」

ドン！　と音がして、壁に拳を突いた獣医の真剣な目が「だから困っている」と言った。

注意して離れる獣医の先生が、困るもの……。

「つまりだね、早い話、真っ白に脱色したような珍種の白いカラスなんだよ」

歩く動物百科事典。

小学校を途中転入してハヤミは、町の中学校を卒業するまで何かと世話になり、ずっとすごい人だと思っていた。その、動物の先生を困らせるほどの珍種。白いカラス。

「すみません。迷惑なものを持ち込み、すみません」

ハヤミは他に、言いようがなかった。

「では、理解できたところで話に入ろうか」

獣医の先生の声にハヤミは、別の意味での緊張に目を、テーブルに置かれたパソコンのモニター画面の、鳥の骨格映像を見る。

「ここだよ」

翼を広げる重要な箇所が、複雑に、折れている。芯をなくした飛べない翼だった。

「あと、簡単に言うなら全身打撲に脳振盪。まるで交通事故に遭ったような傷だ。何があった」

獣医の先生を前にハヤミは、一呼吸置いて、林道で、起きた出来事を説明する。自分の不注意に起こしてしまった接触事故。目にした直後にかけた自転車のブレーキ。しかしすでに遅く、翼を赤く染める鳥が横たわっていた。獣医の先生から流れる質問に、答えながらハヤミは、事故当時の状況や、なぜ、林道の横道に入ったのか、すべての経緯《いきさつ》を素直に、話した。

「なるほどね」

獣医の指先がボールペンを返し、ノックをテーブルにトントン。それは、考えごとをする先生の癖だ。白紙に書き留めたメモを前に、考え事を、頭に整理する。ハヤミは、先生の顔にドキッとして元の、椅子に腰を下ろした。ハヤミはまるで、学校の教員室に呼び出された気分になる。

「君の話は分かった。今度はこちらの話を聞いて欲しい」

言われてハヤミは、気が重いと感じる。

「原則として野鳥をペットにはできない。話、分かるね」

獣医の先生に聞かれてハヤミは、「はい」と答えた。説教ではなく、白いカラスの話だった。ハヤミが持ち込んだ白いカラスの、ケガを理由に一時預かり、保護する。町の保健所に連絡を入れるという獣医の言葉にハヤミは、おとなしく「はい」と答えた。

「それから、患者の状態があまり良くない。今夜が峠だと、言わざるを得ない」

パソコンのモニターを見つめる獣医の口から、次から次に湧き出る言葉にハヤミは、熱にうなされそうになる。

「体力の回復を待ち、骨折した箇所の修復をと、考えている」

手術の話が途切れてハヤミは、獣医のため息を見る。ハヤミは、獣医を困らせるつもりは、なかった。

咄嗟に頭に浮かんだ町の動物病院。他には何も、なかった。

「すみません」

ハヤミは、獣医の先生以外には、何も、頭になかった。

「今日はもう、帰りなさい。後で電話する」

ハヤミは腰を上げて、

「よろしくお願いします」

と一礼をした。

「待ちなさい」

唐突に言われて、胸元を示す獣医の先生に、足を戻した。

「ペンダントはどうした。付けてないようだが、なくしたのか」

と、言われてハヤミは、素直に答えた。

「家にあります」

「そうか」

手元に視線を落とした獣医が首を振り、告げる。

「町の小学校に転入した頃から常に、身に付けてたからな。それが原因とは言わないが、カラスは頭がいい、神の使いという説もある。そのカラスに自転車で体当たりをするとは、どういうことだろうな」

立ち上がる獣医の、怒ったような真剣な態度にハヤミは、たまらず下を向いた。

「こう言っては何だが、車の免許を取るつもりなら、やめた方がいい。自転車も車も時と場合によっては凶器となる。君に車の運転は向いてない。車の運転免許は諦めた方がいい」

ハヤミは大きく目を見開いて、

「冗談じゃない」

と口走った。町の大人は皆、車の免許を持っている。市街地より遠く離れた郡部の、路線バスは、一日に五本しかない長閑《のどか》な田舎町だ。ハヤミは、泣きたい気分だった。

「なぜオレだけ駄目だと言うんだ」

「犯罪者になりたいのか、ああ！」

怒りに迫まる目付きに圧倒され……。

「そこに座れ！」

獣医の怒声を食らったのだ。大人はすぐ怒る。椅子に座るハヤミは、獣医の口から流れるお説教に小言を、聞かされる。

「だいたい君はだな。人の話をちゃんと聞きなさい」

怒る獣医のお説教は、有名な話だ。誰に対しても容赦なく、言葉を浴びせる。ハヤミは、すっかり忘れていた。市内の公立高校に通うハヤミは改めて、獣医の先生は恐いと思う。歩く動物百科事典。怒らなければ、本当に、すごい人なのだ。

行っていい。と、解放されたハヤミは、車の運転免許に未練が残る。

〝人身事故を起こして後悔したいのか〟

獣医の先生の言葉にハヤミは、大袈裟だと思う。飛び越える獣医の話についていけない。車の教習所に通っているわけでもなく起こるかも知れない先の話に、ついていけない。

「ハヤミ君」

女性の声にハヤミは、獣医の奥さんの軽い手招きに足を向けた。

「ごめんなさいね、ああいう人だから。悪気はないのよ」

と、やさしい言葉をちょうだいする。

「いえ、こちらこそ、お世話になります」

「あらそんな、気をつかわなくていいのよ」

獣医の奥さんが、これからが大変になると言うのだ。待合室に行けば分かる、と、ハヤミは一礼して、診察室の前を失礼する。何だろう、大変なこと、て。

動物病院の白い廊下を歩きハヤミは、その奥にチラリと見えた人影に、出るに出られない。出入り口扉の横に立つ、住み込み家政婦のマキさんだ。五十代に近いとは思えないほど、凛として立つ、背筋の整った大人の女性である。

間違いない、マキさんだ。どうしよう。

ハヤミは、帰宅が遅くなると連絡を入れてないし、他にも、学校の制服にリュックサック、とても無傷とは言えない自転車の存在。うつろな視線に、廊下の壁を伝い、待合室のマキさんの笑みにドキッとする。マキさんの小さな「おいで、おいで」の合図に、ハヤミはホッと胸を撫でる。どうやら怒っているわけでもなさそうだ。少し、ドキドキしながら歩くハヤミは、にっこりと微笑むマキさんに、迎えられたのだ。

「森の動物を保護なされたと電話をいただきまして、お迎えに参りました」

「うん、ありがとう」

生返事に、ハヤミは、マキさんの様子が少し変だと感じる。にっこりニコニコと、マキさんの陽気な笑みはどこから来るのだろう。出入り口の扉を抜けたハヤミは、足を向けた先にあ然となる。動物病院の前に停めた、はずの自転車が、忽然と消えているのだ。常に気をつけて、チェーンロックを掛けていた。それがどうして消えているんだ。

「はい」

マキさんがニコニコして言う。

「業者の方に、引き取らせて頂きました」

その言葉にハヤミは、涙目に訴えた。

「どこの業者」

あの自転車は大切な、ものだ。次から次に、もう。

「勝手に処分しないでくれ」

と、落ち込む。

修理すれば、まだまだ乗れた。片道一時間二十分の自転車通学。変速ギア付きのロードバイクはすでに、身体の一部になっていた。

「誤解です。信じてください」

横から声をかけるマキさんが、修理に出しただけと言う。

「本当に？」

「はい、本当です。明日《あす》の昼過ぎにはできると、名刺を、預かっておりました」

差し出されたマキさんの手から、名刺を受け取るハヤミは、夏の夕暮れの中を、動物病院の明かりに、照らして文字を、確認する。正規のサイクル営業所、住所が市内。通学する高校に、わりと近い住所のようだ。

自転車の修理。マキさんに悪いことを、してしまった。

「明日の下校途中に、引き取ってくる」

「はい。車にお乗りください」

ハヤミは、マキさんの笑みに調子を狂わされる。なぜ笑っていられるのだろう。

車の後部ドアを前にガラリと、音がして、窓から顔を出した獣医の奥さんが、「シーッ」と口元に指を当てた。そして、〝バイバイ〟と手を振った。それだけだった。他に人影もなく、どうやらそれは、ハヤミに向けられたものらしい。しかし、口元に指を当てて、静かに、または内緒？　内緒、誰に？　獣医の奥さんがハヤミに内緒のジェスチャー。となれば、相手はマキさんしかいない。

だが……。

「いかが、なされました」

車の前方運転席のマキさんに聞かれて、ハヤミは首を振った。

「さようにございますか」

車のミラーに映る、笑ったようなマキさんを見ながら思う。内緒ねェ、と。ハヤミは面倒くさくなる。後部シートのハヤミは動物病院で、獣医の怒りに触れて説教をちょうだいしたばかりだ。同じ話題に、今度はマキさんからなど、お叱りを、受けたくない。ハヤミは放っておこうと思うのだ。

〝人身事故〟マキさんの滑《なめ》らかな車の運転に、ハヤミは、何となく分かったような気がする。注意力散《さん》漫《まん》。下《くだ》り坂を一気に滑《すべ》り下りて、一時停止もせずに自転車を走らせた。滅多に車など通らない走り慣れた裏道だ。ハヤミは自分の、乱暴な自転車走行を改めようと思った。

それにしても、とハヤミは、獣医の奥さんが口にした〝これから大変なことになる〟の意味が、分からない。自分が動物病院に持ち込んだ、珍種の白いカラス。獣医の奥さんが気にするといえばやはり、そのあたりに、関係することなのだろう。

車を降りたハヤミは、薄闇に向かう庭の敷地を歩き、母屋の玄関に足を進めた。

接触事故の翌日、ハヤミは、午後のホームルームが終了すると同時に、大急ぎに私物を鞄に詰めて、サイクルの営業所を目指す。

「ハヤミ」

「悪い、また今度な」

放課後の教室を出るハヤミの背中を、見送るトモヤは、机に軽く、肘をつく。

「あいつ、分かってるのかな」

週末の土日《どにち》に月曜の祝日が続く三連休明けの火曜は、一学期最後の終業式である。

〝予定が狂った、今年の夏は遊べそうにない〟

と、ハヤミは言った。どうやら今年の夏休みは、ハヤミ抜きになりそうだ。

先ほど、ハヤミに振られた奴が、「どうする、夏休み」と言った。トモヤは今さら、考えても始まらない。

「ハヤミ抜きじゃな、おもしろくないし」

四十日の夏休みを間近に控《ひか》えて金曜の今朝になり、車《くるま》登校してきたハヤミの口から、「悪い」と、突然のキャンセル。その理由を話に聞かされて、心に重く、凝《しこ》りが残るのだった。

ハヤミは学校の正門を出たところで、手書きの地図を確認する。高校周辺に詳しいクラスの女子生徒に、場所を、教えてほしいと願いに、サラサラと書いてもらった地図だ。業者名刺の住所を見て、ハヤミは、場所までは知らない。手書きの地図に説明してくれたクラスの女子生徒に感謝をしてハヤミは、通学路を靴に走り、大通りを、目指す。

自転車の修理が終わった。名刺に印刷された番号に電話を入れてハヤミは、大急ぎに仕上げたと、業者の声を聞いた。その後の一時間、ハヤミは授業に身が入らない。変速ギアの故障が、問題だったからだ。

大通りの、歩道で息を整えるハヤミは、手に持つ大きな鞄の、ベルトに両腕を通して、背中に置いた。背負いの学生鞄は重くて、自転車通学には不向きだ。やはり布製のリュックがいい。

今だ足に、昨日の自転車漕ぎの疲れが残るハヤミは、歩行者信号が青になり、サイクル業者の営業所を目指して、歩道を、ひた走る。ほぼ三年間、愛用した自転車だ。すでに身体が馴じみハヤミは、他は考えられない。大切なもの。自分の足となる大切な自転車を引き取りにハヤミは、サイクル業者の営業所を目指してがむしゃらに走る。目に、映った歩道沿いの自転車の、ウィンドーディスプレーにハヤミは、うっかり通り過ぎるところだった。

ガラスの自動扉に、もどかしく、ハヤミは、目的の場所に飛び込んだ。ぎょっと目を開く大人にハヤミは、声をかける。

「すみません」

生徒手帳の身分証明書に、サイクル業者の、名刺を差し出して、伝えた。

「先ほど電話をした、ハヤミです」

と、ロードワークの疲れを感じながら、笑みを零した。

「ああ」と、気づいてくれたネクタイ姿の男性にハヤミは、お願いをする。そして伝えた。

「水を一杯、ください」

夕刻とはいえ夏の大通りを走りハヤミは、流れる汗に喉が、カラカラに渇いていた。

「すみません」

案内されて、白い床の光沢に。円形のテーブル席から見上げるそこは、空間に、広がる壁にロードバイクが掛けられた、画廊のような場所だ。

「お水です。どうぞ」

黒髪のきれいな、社員カードを胸元に付けた、マーマレードのような、お姉さんだった。

何、やってるんだろう。

自分の自転車を、引き取りに来たつもりが、ハヤミは、フロアに展示された真新しい自転車に、壁の、ロードバイクに目が、行ってしまう。スッキリとしたフレームに、しなやかなカーブのライン。風を切り走ったら、最高だろうな、とか何とか。

いいものは、いい。なぜあんな目に付く場所に掛けてあるのか、ハヤミは、目のやり場に困ってしまうのだ。

まるで自分の自転車を裏切るようで、悪い気がする。早く来ないかなぁ、オレの自転車。

「お待たせ致しました」

前サック付きの愛らしいグリップの、自転車。灰色のフレーム、見馴れた前サック。歪んだはずの、前輪に泥除け、フレームのハンドル。変速ギアも直っているように見える。

「少し乗っても、いいですか」

「はい。調整も済んでおりますので」

ん？　と、ハヤミは以前にも、こんなやり取りがあったような気が、するが、今は自転車に、乗りたい。その思いが強かった。白いフロアを軽く走り、ギアを切り換える。おお、ペダルの重さが違う。ギアを元に戻してハヤミは、やっと手元に自分の自転車が素直に、戻ってきた気分だ。ハヤミは充分に満足して、自転車を停める。

「うん、悪くないよ。支払いはこれで、いいかな」

そう言ってハヤミは一枚のプラスチックカードを差し出す。

「オ……、お預かり、いたします」と、男性がぎこちなく動く。

ま、いいか。

自転車が直れば、それでいい。スムーズに走る自転車に満足してハヤミは、スタンドフックを下ろして自転車を、停めた。

「お久し振りにございます。ハヤミ様」

黒髪のフワリとした、愛想《あいそ》に年期の入った男性に、ハヤミは心当たりがない。

「すみません、こちらには今日初めて足を運んだつもりです。以前はどちらでお会いしました？」

よくあるのだ〝昔、一度、お会いしました〟と言ってくる見知らぬ年配の人が……。

「失礼いたしました」

と頭を下げげる男の人が、

「ハヤカワと申します」

と言って、恐縮するように、言った。

「ハヤミ様のお屋敷に品物をお届けに、お庭でのご試乗にロードバイクの調整を、させていただいた者です。何分《なにぶん》にも昔の話です。当時ハヤミ様は中学一年でいらっしゃいましたので、無理もありません」

初めて自転車に触れた、あの時の。と、ハヤミは、ただの配達の人だと、思ったのだ。

「すみません、こちらの方だと気づかずあの節は……。自転車を調整していただき、ありがとうございます」

ハヤミは調整という、言葉の違和感に、スッキリとした気分だった。どこかで聞いた気がすると、感じたあの違和感は、家に届けてくれたハヤカワさんの背中だったのだ。あははは。

庭で、試《ため》し乗《の》りに自転車の、感覚がつかめずに、何度も何度もハヤミは、広い背中を眺めていた。ただの配達の人だと思っていたし、むろん顔なんて覚えてない。あの当時は自転車を相手に、自分のことで、精一杯だったからだ。

「ところでハヤカワさん」

ハヤミは、三年半前と同じ質問をする。

「あの自転車が誰からの贈《おく》り物なのか、分かりました？」

顔を曇らせるハヤカワさんからは、「いえ」と、否定の言葉が流れる。

「そう」とハヤミは、やはり自転車の贈り主の名前を明かすつもりはないと、素直に、諦める。

とても疲れた時期だった。何も手に付かず、人の声が、煩《わずら》わしく感じた頃だった。届けられた自転車に、ハヤミは、救われた気がしたのだ。

大切なもの。ハヤミは、手続きを済ませて、笑顔で答えた。

「お世話になりました。失礼します」

と会釈に、愛用の自転車を押して、頭を下げて営業所を、後にした。

お見送りにハヤカワは、何となく墓穴を掘った気分になる。人様のプライバシーには関与できない。さまざまな人間が訪れる、ロードバイクの営業所。家族連れに、学生、マニアの客の中を、飛び抜けた、付き人を連れた、身形《みなり》の正しい大物客だった。
〃中学生の通学用に一台、ある場所に届けてほしい〃
と、唐突に注文のない注文を、前に押した。当時を思い起こせば今だに、雲の上の緊張感に体が怯える。一人息子。しかし自分は日本を離れなければならない。内緒にしてほしいと、人には、さまざまな事情があるのだ。

「あの子がハヤミ家の」

と、営業の女の子がコップを手に、言った。

「水だけ飲んで帰っちゃったわ」

ハヤカワも、同感だと思うのだ。


どこにでもいるごく普通の男の子。躾がいいのか腰が低く、丁寧な挨拶が返ってくる。あの笑顔に釣られてつい手を貸したくなるのだ。

嵐の過ぎたあとのおしゃべりにハヤカワは、告げた。

「そのへんでお開きにして仕事に戻ってほしい」

と、奥の仮眠室に疲れた体を、戻す。

ロードバイクは、その一つ一つが手作りの作品だった。中学生という心の不安にハヤカワは、メンテサービスという名目で郡部のハヤミ家を訪ねて、玄関フロアに置かれた、寸分変わらぬ温もりの、作品と再会したのだ。手掛けたものを大切に、扱ってもらえるものほど嬉しいものはない。しかし、形あるものは壊れる。修理の依頼にハヤカワは、自ら引き取り、不眠不休に取り組んだのだ。心地いい疲れだった。今はただ、眠りたいと、身体の疲れに身を、任せた。

そんなことが、あったなど知らない高校生のハヤミは、通い馴れた通学路の裏道を一時停車に足を着き、左右の安全を確認する。夏の風を切り、安全運転に、郡部の自宅へと自転車のペダルを漕いでいた。

自宅の敷地にたどり着いたハヤミは、両足の疲れが限界だった。玄関のマキさんが手を貸してくれて、自転車を、フローリングに上げたところでハヤミの膝がガクガクと崩れて、力尽きてしまったのだ。

あははは、一歩も動けない。

「笑いごとではありません」

マキさんの説教に、ハヤミは四つ足の、ハイハイで逃げる。わ。と体が縺《もつ》れてハヤミは、表の八畳間でもたき思った以上に全身が疲れていた。

ハヤミは、体の筋肉痛に、足が重く震えて、二日はおとなしくしていた。それも月曜・祝日の昼過ぎともなれば、さすがに飽きてくる。縁側のハヤミは母屋の、玄関の先に目を細めて、遠くに見える西の家屋門《もん》に、人の姿がないことを確認して、母屋の和室に引っ込む。三間続きの和室を前にハヤミは、和服の裾を腰帯に上げる。軽い床運動の倒立前転に、フワリと、足の、具合を見るのだ。うん、まぁ、こんなものだろう。

マキさんには見せられない姿にハヤミは、逆立ちに、体重を支える手を、畳にペタペタと着いて、腕の震えに〝んー〟と背を丸めて足を下ろした。大の字にハヤミは、腕の疲れを感じる。手の平をグーパーと動かして体を反転させて肘を付き、具合を見る。痛みはないがこんなに疲れるものかなぁ。と、ハヤミは体を寝返りにゴロゴロと、畳の上を転がるこれが、気持ちいいのだ。ゴロゴロゴロ、ゴロゴロゴロ……。

「ニャーノ」

変わった子猫の鳴き声にハヤミは、また遊びに来たと思う。

「おいで、おいで」

縁側にトンと現れた白い子猫にハヤミは、手を前に、「お手、おかわり」と、遊べるのだ。

あははは、変な猫だ。

着物の裾を戻したところに、スリ、スリと子猫がまとわりついてくる。どうやらまだ遊び足りないようだ。ヒョイと掬い上げる白いオス猫は小さく、両手に軽く収まる。

「変わってるね、君は」

黄色い首輪のタグに〝サトウのタマ〟と、どこかで聞いたような名前だ。なるほど、サトウさんちならご近所だ。白いオス猫を肩にハヤミは、洗面台に向かう。

「ニャーノ」

白猫は、鏡に映る自分の姿に、猫パンチをくりだす。本当に変わった猫だ。すでに習性はあるようだ。手を洗い終えたハヤミは、プラスチックの皿に軽く水を入れて、膝を折り床に置く。夏の陽気だ、猫ですら喉が渇く。

「ニャーノ」と鳴いて、器をのぞき込み、においを嗅ぐ。ピンク色の小さな舌にチョビ、チョビと水をなめる。夏の陽気だ、やはり喉《こ》が渇いていたようだ。鏡に映る自分の姿に猫パンチ。しかし、顔の一部が映る水には手を出さずに、においを嗅ぐ。町の獣医の先生が以前、教えてくれた。猫は仲間意識が強く、他の猫を追い払う。逃げる猫は自分がどこにいるのか分からず、飼い主の元に、戻れなくなる。

「もう、いいのか」

猫を手に、ハヤミは、〝迷い猫になる前に一度、飼い主に挨拶を〟と思い肩の、子猫に否と、思い直す。自由な猫の散歩を邪魔しては悪い。サトウさんち、なら、上の東門を出た竹林の奥の、裏山の陰に建つ、家の辺りだ。縁側に猫を下ろしてハヤミは、ニャーノと鳴く白い子猫に、バイバイと手を振る。猫はトンと飛び下りて、日本庭園の奥を、ガサゴソと上の東門に向かって行く。どうやらあの猫はこの家を、散歩の折り返し点に、選んだようだ。水面をチョロチョロと噴水《ふんすい》の波紋に、広がる瓢箪池。その池に泳ぐ鯉に見向きもせず、上の東門に向かった猫。ハヤミは本当に、風変わりな白い子猫だと思った。

その日の夜、ハヤミは明日の登校の準備をして、新品のリュックを手に勉強部屋を出る。階段を下り切る手前で携帯電話のバイブ機能が、リュックの中で、五月蠅《うるさ》く揺れ動く。すでに就寝の時刻にハヤミは、めんど臭い。

階段の木戸を閉めてカーテンを、広げる。プツンと止まった携帯のバイブ機能にハヤミは、大《たい》した用でもないと寝間の、奥座敷に向かう。カーテンに閉ざされた縁側を通りハヤミは、布団が用意された奥座敷に入り、背後の障子を閉める。携帯のバイブ機能が再び震え、ハヤミは、床敷の布団に腰を下ろした。枕元の淡い照明に携帯の画面に、ケイスケの名前を見る。

ケイスケ？　妙に引っかかる、名前。

「あっ」

身を起こしハヤミは、携帯の通話ボタンにピッと触れた。

「いつまで待たせるんだ！　このスットコドッコイ」

携帯を耳から遠ざけるハヤミは、忘れてたなぁと、思う。オキノケイスケが怒るのも無理はない。ハヤミは、町の中学校を卒業して以来、通学する市内の高校生活に忙しくて、きれいさっぱりと、忘れていたのだ。

「あははは、ごめんごめん、悪かったよ」

オキノケイスケを忘れていた自分におかしくて「あははは」と笑った。

「あはは、じゃねえぞ、たくぅ」

電話の向こうでオキノケイスケが、照れ臭そうに答える。

「でもまぁ、一年以上も経てば、忘れるよな。あははは」

電話のケイスケにつられてアハハハと笑うハヤミは、何のこっちゃと思う。

「それでケイスケ、今日は何の用だ。オレはこれから寝る。用があるなら早く言ってくれ」

「まだ、九時半すぎだぞ、寝るには早すぎる」

と宣《のたま》う。

ハヤミの朝は早い。自転車通学にハヤミは、朝の七時には家を出る。そのためハヤミは夜の十時までには寝床に入る。つまりハヤミの日常ではとっくに就寝の時刻になっていた。

「それで、用件は何だ。ケイスケ」

携帯の奥でオキノケイスケの息が漏れて、無音の間が広がる。

「どうした、何か悩みごとか」

「いや、そうじゃないけどさ」

まるで奥歯にものが挟まったように、歯切れの悪いケイスケの声に、ハヤミは体を起こして淡い行灯風の明かりを見る。寝込みを噛まれたように、ハヤミは、気になって眠れない。

「ハッキリ言ったらどうだ、ケイスケ。お前らしくもない」

ハヤミは、回りくどい大人のお世辞のような言い方が、大っ嫌いだった。

「ケイスケ、オレに気を遣ってどうする。そりゃまぁ、スコポンと忘れていたのは事実だし、それは謝る。しかしそれとこれと話は別だろう。何があった？　言ってみろよ」

ハヤミは、水差しポットからグラスに注ぎ入れた水を軽く一口、ゴクンと飲み込む。

「白いカラス、のことだが……」

ケイスケから流れた話に、ケホケホと咳き込む。

「大丈夫か」

ケイスケの声にハヤミは、「少し噎《む》せた」と答えて、話の続きを促す。

「それで、白いカラスがどうした」

ハヤミが動物病院に白いカラスを預けて、今日で（木金土、日、月曜の夜だから）五日目になる。病院の先生から、電話がまだない。

ケイスケがアハハと笑った。

「覚えてないかな、オレんち、動物病院のそばだし、話は筒抜けにドンドン入ってくる。まぁ一種の社交場のような、ダベリ場だよな、あれは。あはははは」

電話のケイスケの声にハヤミは、動物病院の待合室を思い、女性の〝オホホホホ〟を、思い出《だ》す。市街地より遠く離れた郡部の、長閑《のどか》かな田園の町だ。人の噂話はヒソヒソと、広がる。

「それでお前、確認するために電話をかけてきたのか」

「当たり。というのは建前で、本当は話がしたくなった。やっぱそれが本音かな、あはははは」

人の噂話のネタにされては結構、恥ずかしい。しかしハヤミはオキノケイスケの〝話がしたくなった〟という気楽なところに救われた気がする。

「それで」とハヤミは、枕元に手を押ばして、目覚まし時計の針を確認する。すでに夜の十時を、過ぎている。早く寝よ。

「行ったのか、山小屋に」

耳に届いたケイスケの声にハヤミは、少し考えて答えた。

「なぜ、そう思う」

そして、布団に体を横たえた。そこにケイスケが言った。

「なぜってお前、山小屋にでも行かなきゃ遭遇しないだろう、あんな珍しい白いカラスなんて。ハッキリ言ってブッ飛んだぞ、頭が」

カラスは黒い。

ケイスケの話にハヤミは、分かる気がする。

携帯のケイスケが、明るい声で言う。

「ま、田舎町だし、何が起きても不思議じゃない。まるで脱色したようなあんな白いカラスなんて、それこそ山小屋にでも行かなきゃ遭遇しないだろう。それで、行ったのか、近くまで様子を見に」

ケイスケの話はほぼ、その通りだ。

「まぁな。入り口の手前の林道で、遭遇した。ほぼ合ってるよ、お前の話」

「だよなぁ、そうだと思ったんだ」

明るく納得するケイスケの声にハヤミは、可笑《おか》しくて、床《とこ》の上で軽く寝返りを打つ。


夏の、山小屋の大掃除。毎年恒例のハヤミの奉仕活動に、ケイスケは、その昔、親族のオジに手酷《てひど》く叱られた児童の頃の、話をする。

「恐いからな、お前んとこの親族。若い時の苦労は買ってでもせよ。て、そんな話を、大真面目《おおまじめ》にするか、それも堂々と。お前んとこの親族くらいだぞ、お前が一人で大変だろうと思って掃除を手伝って

〝バカモン！〟と怒る大人は」

ケイスケが、一息ついた。

「オレは一度で懲りた。お前には悪いが、手伝って怒られるなんて嫌だからな。オレはお袋一人で充《じゅう》分《ぶん》間に合ってる。苦労して怒られるなんて性に合わん、そうだろうハヤミ」

ケイスケの声にハヤミは、納得して軽く、答えた。

「そうだな」

そして体を起こした。

大人はすぐ怒る。投げやりなケイスケの話にハヤミは、よく分かると答える。そこに座れ！　と、常に肌に感じる素朴な疑問でも、あったからだ。

ケイスケの声が、大きくなる。

「うちのお袋が、〝大人になれば分かる〟と言うけどさ、オレは絶対あんな大人にだけはなりたくない。どう考えたって、ただの八つ当たりだ。オレは何も悪くない、何もしてない、なのになぜオレにばかり当たり散らす。不公平だと思わないか」

いや、とハヤミは声を詰まらせた。ケイスケの話の前後が、分からないからだ。ただ単に電話に、ワァワァと耳に聞かされてハヤミは、返答に困ってしまう。

「ま、いいけどさ、別に」

とケイスケの声にハヤミは、直感にして答えた。

「いや、そうじゃなくさ」

ハヤミは、中学を卒業して、いろいろと周りの状況が、変わった。それはお互い様だ。

「要は、周りが変わったように思えて五月蠅《うるさ》い。そういうことだろう、ケイスケ」

言ってハヤミは、さらに続ける。

「中学の頃とは違うよ、皆それぞれ変わるさ。変わらない奴の方がどうかしてるよ」

「だよな。そうだよな、変わるよな。あははは」

どうやらケイスケの気が晴れたようだ。

そろそろハヤミは、電話を切りたい。

「ケイスケの声が聞けて良かったよ」

「そうか、オレで良けりゃいくらでもかけてやるよ。邪魔にならない程度に」

ケイスケが笑って言う。そして突然、

「アズミを覚えてるか！」

電話にケイスケが叫んだのだ。

「ほら、あのアズミだよ。中三の時、生徒会長まで務めたムッツリ剣道部員の、アズミタカシだ」

ハヤミは、〝知るか〟と言って電話を切りたい気分を吐息に落として、尋ねた。

「アズミタカシ？」

「そうそう。二年の時、同じクラスで修学旅行の班、一緒にさせられた、あのアズミタカシだ。覚えてるだろう、一緒に行動した」

ハヤミは、ケイスケの話に修学旅行で、ムッツリと不機嫌に、ほとんど喋らなかった黒髪の、すだれ頭を思い出《だ》す。

「いつも眉を顰《ひそ》めて〝ああ〟と、どうでもいい感じにムスッとしてたあの、すだれ頭?」

「て、オイ、すだれ頭はないだろう。黒髪ストレート頭のアズミタカシだ」

さらにデカイ声で、

「目つきの嫌なアズミタカシだ!」

と強気に言ったのだ。

「ああもう、分かったよ。それで、そのアズミタカシがどうした、何かしたのか」

言ってハヤミは電話のケイスケから、〝恨《うら》んでるらしい〟と耳に、聞かされたのだ。

「何でそうなる」

と言って喉の渇きに水を、求めた。淡い行灯の明かりにハヤミは、問い掛け尋ねる。

「お前の思い込みじゃないのか」

とケイスケに、先を続ける。

「アズミタカシからは何も聞いてない。元々アイツは話をするようなキャラでもないし、オレは何も知らないし聞いてない。お前の勝手な思い込みじゃないのか」

「直接、聞いた」

電話の向こうでケイスケが、言った。

「なぜいつも怒った顔でジーッと見つめてくるのか。そしたらアイツ、オレに用はないと言った。オレがそれで引き下がるわけないだろう。しかしアズミタカシの口からは、オレに用はない、関係ないの一点張りだった」

と言ってケイスケの声が続く。

「アイツが怒ったように見てたのはオレじゃない。いつも一緒にいた寺の息子のツガワセイイチロウかハヤミ、お前かツガワのどちらかなんだよ、アズミタカシが怒ったように見てた相手というのは」

おいおいと、ハヤミは困惑する。まったく身に覚えがない。それ以前に、しゃべった記憶がないのだ。

ハヤミは電話のケイスケに、息をつく。

「中学二年の話だろう。中三の進級クラス替えでバラバラになったしオレは、名前を聞いてもすぐには思い出せなかった。ほんの数ヶ月、同じ教室ですれ違った奴に恨まれる覚えはない。あるとすればあれだ、出る杭は打たれる。人に疎《うと》まれたりするからな、あんな奴がなぜ、とか。そんなことにいちいち時間を取られたくない。人込みが苦手なのはオレのせいじゃない、そういう体質なんだ。慣れるまでには時間がかかる、それを右から左に〝どうだ〟と責めるのはどうかと思う」

と言ってハヤミは、墓穴を掘った気分になる。

「すだれ頭のアズミタカシは少し不気味な、お固いキャラだった。オレを見て疎ましく感じて、ムスッとした顔に虎視して、おかしくないだろう。何が気に入らないのか今となっては分からないが、中学を卒業して一年以上は経つぞ。向こうは向こうで楽しくやってるよ。お前だって通学する高校で楽しくやってるだろう。通う高校が違えばすべてが変わってくる。それはさっきお前も納得したはずだろう。いつまでも同じというワケにもいかない。ただの取り越し苦労だ、気にするな」

うーん、と電話の奥でケイスケが、「フム」と短く言った。ハヤミは、オキノケイスケが何を思い、考えているのか、知らない。寝間の、淡い行灯風の明かりに、ハヤミはコップを手に水を飲んだ。

「ケイスケ、大丈夫か。本当は何があった」

「うん。まぁいろいろとな」

ケイスケの声が、迷っているように感じる。

「いや、何でもない。それよりお前、寺のツガワセイイチロウとはまだ、付き合いがあるのか。その、ツガワと、個人的に」

そう言うとなぜか、押し黙ってしまったのだ。ハヤミは何を、どう説明すればいいのか。

「別に、付き合いがどうのというよりは、家の墓の関係で寺の住職には、世話になってる」

と言ってハヤミは少し迷って、続ける。

「ツガワセイイチロウはあれで気をつかってるつもりだろうが、木刀《ぼくとう》の相手をしろと、いきなり切りかかってくる。学童の頃はそれで散々に追いかけ回されたよ。ま、一種の腐れ縁のようなものだ。今ではさすがにおとなしく、落ち着いてくれたけどな」

小学の頃の思い出を少し、懐かしく感じてハヤミは、電話のオキノケイスケに、伝える。

「お前も似たようなものだろう。釣り好きな年配のお爺さんに付いて来て〝これやる〟て魚を、分けてくれたじゃないか。まぁ、初めて見た時はさすがに驚いて、池に、放して大泣きしたけどな、食材だとまだ、知らなかったガキの頃の話だ、気にするな」

「お前、よくそんな大昔の話、覚えてるよな」

電話のケイスケが少し呆れたように言った。ハヤミは少し、くすぐったく感じて答えた。

「まぁな、印象が強かったからな、セイイチロウも、お前も。まったく知らない別世界の住人てな感じで、ほとんどパニック起こしたからな」

幼少期の嵐のような、懐かしい話だった。

「失礼をいたします」

突然わいたマキさんの声に、障子が開いたのだ。お縁に正座姿の、マキさんの、引き締まる顔が、ハヤミを直視に告げた。

「今、何時だとお思いなのでしょうか」

何時。表を伏せた置き時計の針に、ハヤミは、すでに夜中の十一時を過ぎていると、知ったのだ。マキさんの、説教が始まる。ハヤミの先で和装の白い狭襟《せまえり》に、ため息が、こぼれた。

「明日に差《さ》し支《つか》えますので、お休みください」

一礼に、下がり手に障子が閉められて、縁側を、マキさんの白い寝間着が流れて消えた。マキさんが、呆れていた。

目覚し時計を枕元に戻してハヤミは、気づいた。

「おおい」と呼び続ける携帯電話のオキノケイスケに、「ごめん」と言った。

「今の、マキさんだよな。他に誰もいないし。久しぶりに聞いたなぁ、マキさんの声」

と、ケイスケがうれしそうに言ったのだ。

「あのなぁ」とハヤミは、縁起でもないと思う。家の、離れで休む家政婦のマキさんが、母屋の、ハヤミが一人で休む寝間に現れた。それだけで事は、充分に大事《おおごと》である。

「と、いうわけだ。じゃな」

「待て待てェ。最後に一つ、聞いてくれ」

ハヤミは、手の携帯電話に、「最後に何だ」と強く念を押した。

オキノケイスケの、最後の話。それは選《よ》りに選ってマキさんの、手料理の話である。

「ケイスケ、お前なぁ、行き当たりばったりすぎるぞ」

「しょうがないだろう。思い出したら、止まらない」

涎《よだれ》が、と言うケイスケに、ハヤミは、ほとんど条件反射に涎を垂《た》らす犬を思う。ここでお預け状態ではあまりにも可哀相《かわいそう》だ。

「それで」

「あれだよ、あれ」というケイスケの言葉にハヤミは、マキさんの手料理を思い起こす。

「いつの話だ」

と言ってハヤミは、小学校の夏休みに、山小屋の大掃除で親族のオジに痛いお灸《きゅう》を据えられた、頃を思う。この時期に、食べる茶色く歯触りの柔らかな、立方体の食べもの。

「あったか、そんな料理が」

「あった。妙に不思議な、あの味だけは絶対に忘れない。思い出せ」

電話のケイスケは無茶を言う。家政婦のマキさんの、手料理。煮付け、含め煮、揚げ豆腐。五十代に近いマキさんの、手料理。夏のこの時期に、スプーンで食べる茶色く柔らかな、冷えた茶碗蒸しのような豆腐のような、不思議な歯触りの、茶色く立方体の食べもの。説明を耳にハヤミは、〝まさか〟と思う。お寺で出される精進料理。年配の人には受けのいい柔らかな、蒟蒻《こんにゃく》のような食べもの。

電話のケイスケが興奮気味に、「それそれ」と、言った。ハヤミは、とても信じられない。

「本当に食べたいのか」

「ああ、あの素朴な味がいい」

思い出したようにケイスケが言う。

「他では味わえない不思議なあの食感。一口目には何だコリャと思う。二口目に何となく味が分かる。三口目に、面白いと思ったところに、舌に、ちょっとした苦味な後味がくる。あんな面白い食べ物は他に知らない。少しでいい、卵サイズくらいがちょうどいい。お前んちで食べた時もちょうど、そのくらいのサイズだった」

電話のケイスケは、小鉢の器に入った茶色くて蒟蒻のような、立方体の不思議な食べ物だったと、言ったのだ。それはどうやら間違いなく、精進料理の一品、だった。

「胡麻豆腐、なのか、あれで」

驚きの声を上げるケイスケにハヤミは、答えるつもりはない。

「届けてやるよ、お前の家まで。その時、自分の舌で確認してくれ。じゃな、お休み」

通話を切った携帯の時刻が、すでに零時に近い。完全に夜更かしだ。携帯電話をリュックに戻してハヤミは、夏のタオルケットを頭に被り、身体を丸めた。


「で、あるからにして」

一学期最後の、ホームルームの、長すぎる担任の話にハヤミの瞼が、重く下がる。昨夜の、長電話に寝不足が祟り、マキさんの言葉通りとなった。

最悪な火曜の朝寝坊に、ハヤミは、自転車を諦める。身支度もそこそこ半分に、ハヤミはネクタイを、首にかけてマキさんが運転する車に乗り込んだ。車の後部シートでハヤミは、シャツのボタンを留めて、ネクタイを前に結び、締める。マキさんが用意してくれた賄いの朝食サンドイッチを口に、パクパクと噛りながら登校したのだ。


トントン、トントン。と耳に、付く机の反響音にハヤミは、薄手の、服を辿り静止的な瞳の、男性教師の顔を見た。

「具合でも悪いのか」

そう聞かれて、ハヤミは首を振り、放っておいてほしいと思う。

「そうか。ならば私の話を聞いてほしい」

スッと風の移動に、離れる担任の服を見送りハヤミは、たっぷりと絞られた気分だった。

課外授業の、部活動重視の公立高校の教室では、文科系、理数系のどちらを選択するのか担任の話が、流れた。

「高校二年の今だからこそ自分を見つめ、前を向いて歩んでほしい。話は以上だ」

起立、礼。終了の挨拶にハヤミはようやく、解放された気分だ。

「運が悪いな、お前。他にも寝てる奴、いたのによ」

前席の級友が笑った。

「じゃな、次の登校日に」

そう言って、軽い足取りで教室を、去って行ったのだ。

運がない。というよりハヤミは、物静かで厳格な男性教師の指導に、最悪だと思う。選りに選って一学期最後の登校日に、指摘指導を受けるとは、思わなかった。この四日、五日ほど、たて続けに散々な目に遭う。リュックを手にハヤミは、一度、お祓いでも受けるべきだろうかと備品の椅子を机に、戻した。

「ハヤミ」

明るい自転車仲間の級友に、ハヤミは軽食の誘いを受けるが、チャージに余裕がない。足がなくハヤミは公共の、交通機関を利用して自宅に戻るのだ。

「そうか、朝寝坊で自転車、ないのか」

落胆する級友にハヤミは答える。

「うん、悪い。また今度、誘ってほしい。それじゃな、次の登校日に」

残念そうな自転車仲間と別れてハヤミは、校舎の廊下を歩き、階段を下りる。明日から入る夏休みに、校内は、予定の話題に足が浮いて、ザワザワと会話に溢れている。

「ハヤミ」

周囲の壁に反響してハヤミは、「上だ」、という声に階段の手すりの狭間を、見上げた。

「そこで待ってろ、すぐ行く」

顔半分に見下ろすトモヤに言われてハヤミは、頭を引っ込める。

今年の夏は遊べそうにない。

すでに一階まで下りたハヤミは移動に、校舎の壁を背にして級友のトモヤを待つ。前を通るクラスの顔馴じみを「またな、登校日に」と挨拶に見送る。

「え、夏期講習、受けないの」

足を止めた、サイクル営業所の地図を書いてくれた女子生徒にハヤミは、あはははと笑ってごまかす。

「代わりに課題が山ほど出てる。次の登校日に」

「そう、それは残念だわ。……ごきげんよう」

十日後の登校日に、また教室で。

「先輩」

と上がった女子の高い声にハヤミは、まとわりついてくる一年の女子に、うんざりする。

「警告したはずだ」

学年生徒指導の教師を交えてハヤミは、一切の関わりを持たないと誓約書にサインを、入れてもらっていた。

次はない。

ハヤミは一年の女子生徒にハッキリと、警告を発していたのだ。

「あなた、いい加減にしなさい」

階段を下りてきた女性教員の声は、さすがに迫力がある。

「すみません」

「本当に困った子ね。警察に相談してみる?」

言われてハヤミは、首を振る。

「いえ、そこまでは」とハヤミは、さすがに警察に迷惑はかけられない。足早にサッサと自宅に戻ればそれで、済むことなのだ。

「そう、なるべく一人にならないようにしなさい。けっこう恐いわよ、一方的に自分を押し付けてくる人間なんて」

「はい。気をつけます」

会釈にハヤミは、助けてくれた女性教員を静かに、見送っていた。


「ごめん」

級友のトモヤが申し訳ない顔をする。

「すでに終わったと、気を抜きすぎた」

ハヤミは首を振った。ハヤミは、やはり一度、お祓いを受けるべきだと自分の不運に心から、そう思った。

「本当にお前、時間取れないのか」

通学路を歩きながら、トモヤと親しいシゲユキに言われてハヤミは、

「しばらくおとなしく、していたい」

と言った。

ここ数日、運がない。

「自転車は直ったけど筋肉痛に見舞われるし遅刻しそうになるし、居眠りに睨まれるし、忘れてた一年の女子生徒が現れて、迷惑を掛けられるし、何となく呪われてるのかな、て気がして」

ハヤミは、ため息をついた。

「すべてが落ち着くまでおとなしくしていたい。このままでは身が持たない感じなんだ」

と疲れに言った。

トモヤとシゲユキが、顔を見合わせた。

「あれ、だよな」

「だな」

と言ってハヤミの前で、〝待った〟

「お祓いに行ってこい」

と、ハモリに言ったのだ。

二人の、好意に、ハヤミは、嬉しくて、

「ありがとう」を言った。

困惑な顔の二人に、あははと笑った。

「こいつ、気づいてたな」

「いつだ、言え」

ハヤミは、そんな二人を前に、歩きながら少し間を置いて、

「ついさっき」

と笑みに言った。

「何だよ、ついさっきかよ」

と、トモヤが言った。ハヤミは、そんなトモヤに、

「学校を出る少し前、かな。夏休みの話が出る前だから、そのくらいだよ」

と言った。しかし不安が、消えたわけじゃない。そこにトモヤが言った。

「本当お前、不運な目に遭ってるよな」

トモヤが軽く、笑みを浮かべた。

「まぁ悪いことは言わん、神社に行ってちゃんとお祓い受けろよ。じゃな」

と軽やかに歩道を走り、その先のバス停に、駆けて行った。

ハヤミは背を向けて従来線《じゅうらい》の、駅に向かう。「あっ」と隣のシゲユキが、あわてて呟く。

「忘れるところだった」

と鞄から一通の、白い封筒を出したのだ。

「一応な、八月の招待状。お前にだ」

ハヤミは、封筒の裏に記された女性の名前に「あ」と、思い出《だ》す。昨年も同じ封筒を、当時クラスメイトだった本人から直接、手渡されて、いたからだ。〝未開封に突き返すなど、失礼に当たる〟と昨年、本人からお叱りを受けてハヤミは、開封に一応は、中の書状に目を通す癖がついた。丁寧な挨拶が綴られた、ホーム食事会の招待状だった。昨年は誕生会で八月の、お盆の時期に、重なっていた。今年は食事会で日曜を見事に、外してあるのだ。

〝両親が楽しみにしている〞

私物のペンを手にハヤミは、書状の余白に断わりの文句を認《したた》める。

己の不運続きに呆れ、自宅でおとなしく静養する非礼を、お許し下さい。

ハヤミカズマサ・ナオユキ
「これでいいか」

シゲユキの手が受け取り、目を通して驚きを、横に振り虚空に、落とした。

「まるで執念だな」

「オレも、そう思う」

ハヤミは、書状を封筒に戻して、シゲユキの手に、渡した。

「確かに。しかし何だな、お前、勉強ができるわけでもなく、スポーツが得意でもなく。それで人気があるのはやはり明るい、その性格だろうな。屈託がなくて、まるで、そのままだ」

ハヤミは自分を、話した覚えはない。

「どういう意味だ?」

「さぁ?」

シゲユキが明るく答える。

「別に、悪い意味じゃない。でなきゃ女の封筒を預かったりするか。オレは、好きでやってるんだ。それでいいじゃないか」

少し考えてハヤミは、自分を思う。

高校入学直後の学力テストで、物《もの》の見事に、Cランクまで落とした。〝トップクラスで入学してこれは何だ〟と、定期テストのたびに担任教師の、怒りに触れる。スポーツでは体育のたびに〝やめなさい〟と、保健教員のストップが入る。

ハヤミは、隣を歩くシゲユキの軽い笑みに、バレてる？ と思った。

歩道橋を渡り、下り階段を前にシゲユキが、「それじゃ次の登校日に」と、その階段を下りて行った。

デッキを歩いてハヤミは、最寄り駅にと向かう。

「先輩」

ドキッとしてハヤミは、他校生徒の二人にホッと胸を、撫で下ろす。

帰ろう。そう一日に何度も現れるはずがないとハヤミは、駅の改札口を目指して、先を急ぐ。平屋建て白壁の、駅の改札口を前にハヤミは、見覚えのある人物の姿に足を向ける。スマホの画面に集中した、他校指定のネクタイを締めるツガワセイイチロウ、だった。

「早かったな」

「また、マキさんの電話連絡？」

セイイチロウは爽やかに笑って、「まぁな」と言った。

市内の、他校中学校出身者が多い駅のプラットホームでハヤミは、セイイチロウの口から昨日、オキノケイスケが電話を掛けてきたと、聞かされる。

「何時ごろ？」

え、と静かに考えるセイイチロウが、「夜の七時半すぎ辺りから一時間ほどだ」と、答えた。

「そう」

ハヤミは、その後の九時半すぎにケイスケが電話を、かけてきたと、説明したのだ。

「なるほど。つまりオキノが電話をかける順番を、間違えた結果、こうなったわけだ」

「まぁ、そうだな」

ハヤミは、自分の生活リズムを踏まえて、ケイスケに、アンポンタンと言いたい気分だ。

「それで」

セイイチロウがたずねる。

「白いカラスの話は、本当なのか」

「うん」

ハヤミは、ケイスケの電話で、すでに町の噂になっていると聞かされていた。

「どこまで話、聞いてる？」

「そうだな」

セイイチロウが、クスッと笑う。

「上半身裸で飛び込んできた、ハヤミ家の坊ちゃん」

ハヤミを、からかい半分に、言ったのだ。あははは と笑うセイイチロウが体を、ホームの椅子に凭せてリラックスさせる。

「ま、お前のことだ、有意に想像できる」

そう言って笑った。

「よく頑張ったな。自転車を漕いで動物病院に届けて二日、三日は身体がボロボロで、痛かったろう。白いカラスなんてどこで拾った」

セイイチロウに言われてハヤミは、初めて人に、誉められた気分だ。

あははは。ハヤミが白いカラスに遭遇した場所は、セイイチロウも知っている裏道の、林道で。家が所有する山小屋《ロッジ》があるクヌギ山の、森への道を一歩入った辺りだった。

「ああ、あの原生林の森な」

セイイチロウが少し呆れた顔をする。

「入ったのか、あの森に」

「いや」

ハヤミは森に、足を踏み入れてはいない。

「正確には、森の入り口に向かう山沿いの道だ。何の装備もなく山に登る度胸はないよ」

と言って、ハヤミは少し困って、答えた。

「下見のつもりだった。そこに白い鳥が現れて、森には、入ってないし。そのつもりもなかった」

「そうだな。一人で山に入るな。それがルールだ」

セイイチロウが言った。

到着する電車の扉が開いて、ハヤミは、やはり昔の出来事を覚えていると、少し、笑えた。一学期最後の登校日に車両内は、肩が、触れ合うほど混んでいる。ハヤミは急激な目眩いに吐き気に、襲われた。

ハヤミの異変にセイイチロウは、

「開けてください」

と鞄の手に周囲を払う。ハヤミは目眩いに、揺れて気持ち悪い。噎《む》せる気持ち悪さにハヤミは、出口を求めた。その手をセイイチロウが一早く、鞄の手に引っ込める。

「すみません、降ります」

鞄を持つ手に触れるハヤミの手が、すでに冷たい。ハヤミの異変は、尋常ではないのだ。

停車に開く扉を抜けてセイイチロウは、プラットホームの椅子にハヤミを、座らせる。こんこんと咳に噎せるハヤミが、胸に呼吸を二回、三回と繰り返す。漸く静かに落ち着きを見せて、ハヤミの身体がシートを求めて、横になりたがる。手助けにセイイチロウは、ハヤミを支えてベンチを占領に、横にさせる。大粒の涙がセイイチロウの手に、落ちたのだ。

以前にも同じことが起きた。ハヤミは混み合う人込みに、弱いのだ。人間の息吹《いぶき》に当てられて、車酔いの苦しみにダウンする。お守りを身に付けてからは、それも、なくなったはずだが……。

ん、とセイイチロウはマキさんの〝万が一〟を思い出しハヤミの、ネクタイを緩《ゆる》めて胸のボタンを外し、シャツを開いた。

そこにあるはずのペンダントがない。水晶にターコイズ、ラピスラズリのペンダントがないのだ。

「胸の護符はどうした。お守りのペンダントは、どこにある」

なくしたとは、言わせない。人込みに体調を崩すハヤミを〝守れ〟と、寺のセイイチロウが願《がん》を掛け持たせたものだ。

家にある。

と、乗り物酔いのハヤミが弱く、目を閉じた。セイイチロウは、ハヤミがペンダントをなくしたワケではないと知り、ホッとする。

「しばらく寝てろ」

ツガワセイイチロウは、ハヤミのすぐそばに腰を下ろして、回復を待つ。人込みに、当てられた。気を抜きすぎたり体調が悪かったり、そんな時ハヤミは人込みに酔い、ダウンする。今は静かに眠るハヤミのダウンする原因が、医者にも分からない。寺の住職を務める親父に、今は亡きハヤミ家のお祖母さまが相談に訪れて、それでセイイチロウはハヤミを知ったくらいだ。

〝軟弱者、剣を取れ〟

甘えに育つ、いいところの坊ちゃま。それにセイイチロウが頭にきたのは、確かだった。今思えばものすごく恥ずかしい。何も知らなかったガキの頃の出来事に、セイイチロウは、穴があったら入りたい気分になる。

武家の流れを汲むハヤミ家、宗家の跡取り息子。その血の、なせる術に、セイイチロウは手の木刀《ぼくとう》をアッサリと、弾かれたのだ。それを機に周りの大人はハヤミの軟弱ぶりを正そうと、無茶を押し付ける。山小屋の大掃除も、その一つだった。正確にはハヤミが山小屋を譲り受けて、貰ったワケだが〝大掃除を一人でやること〟それが条件だった。山小屋の大掃除の経緯《いきさつ》は何であれ、オキノケイスケを含め、山の中腹に存在するハヤミの秘密基地に、魅力を感じたのは、本当だった。

すぐ戻るつもりで登った山の中腹。腕白《わんぱく》ども揃いで遊びに夢中になり気づいた時にはすでに、ハヤミの姿がなかった。方方に辺りを探し回ったが見つからず、友人達の間を泣き出す奴も現れた。雨が降り出し、その日は空腹のまま山小屋に一泊した。大人達に対する言い訳も見つからず、セイイチロウは、ロッジのウッドデッキで夜明けの白い霧《きり》を眺めていた。

いつの間に現れたのか、手摺《てす》りに一羽の雉鳩《きじばと》がいた。灰色と白を斑《まだら》に持つ鳥の、おかしな行動に、セイイチロウはついて、行く。まるで〝おいで〟と、呼ばれるように、セイイチロウは白い霧《きり》の中をただ、鳥を追いかけて、気づいたその先に、町の、消防団の大人がいた。バカモン！　と、叱られたのは言うまでもない。

のちのちになり分かったことだが、一人で山小屋の掃除をしていたハヤミは、食べられる木の実や川魚を集める最中《さいちゅう》に足を踏み外して、動けない状態になっていた。ただ、枯れ葉の中で森の動物を抱いてスヤスヤと眠ったハヤミ一人だけが、ケロリとしていた。

〝食べものを分けてもらった〟


不思議なこともあるものだ。しかし、ハヤミの口から森の動物に道案内を頼んだと、聞かされて、セイイチロウは何も、言えなかった。

そして今回、ハヤミが遭遇した白いカラスだ。

昨日の電話にオキノケイスケから話に、聞かされたセイイチロウは一応、念のためにと布製品の、お守り袋を用意していた。

「そろそろ起きてくれ。電車が来るぞ」

目を開けるハヤミはまだ虚《うつ》ろに、気分が悪そうだ。セイイチロウは、そんなハヤミの手首にお守り袋を、結び付ける。

「単なる応急処置だ。立てるか」

「うん」

視界が揺れる。ハヤミはまだ乗りもの酔いに、気分が悪い。しかし、到着する車両にそうも言っていられない。足を進めて乗り込む車両内は、打って変わり、ポツンと空いたシートに腰を下ろした。お尻の下に残る、人の温もりが気持ち悪い。

「座ってろ」

セイイチロウが〝バカ〟と言った。ハヤミはすべてを、締め括られた気分だ。まるで運《うん》がない。ハヤミは自分の運のなさに呆れるしか、ないようだ。そういえば、手首に下がる青い、お守り袋。ツガワセイイチロウは、ハヤミ家の墓を守る寺の、息子だ。

「なぁ、セイイチロウ」

スマホを手に持つ前方のセイイチロウが、ハヤミを見下ろして「何だ」と、言った。シートのハヤミは何となく声を、かけづらい。単線に、ウィーンと走る電車の音が五月蝿《うるさ》くてハヤミは、「後でいい」と言った。ハヤミはまだ少し、スッキリしない。手首の青いお守り袋にハヤミは、それより〝お祓い〟を、してほしいと思う。

ハヤミは本当に、ついてない。少し眠ろうとハヤミは自分の胸元に、目を閉じた。乗車して三駅目の、人の流れにツガワセイイチロウは、空いたハヤミの隣シートを無視して、手のスマホ画面に、注意を戻す。次の次で、電車を降りる。ツガワセイイチロウは、ゲームのポイントゲットに注意しながら、揺れる車両の動きに、降りる駅を待つ。セイイチロウのクラスでは今、ちょっとしたブームになっている。頭脳ゲームに、どれほどポイントを貯めていられるのか、競争になる。

流れる車内アナウンスの、次の停車駅に、ゲームをセーブするセイイチロウは、シートのハヤミを起こす。

「次、降りるぞ」

うん？　と言って頭を起こすハヤミは、眠っていたわけでもなさそうだ。ツガワセイイチロウは、狸寝入りだなと、少し、笑えた。

ん？　と、ハヤミは、まぁいいか、と思った。

電車を降りて小さな、駅の改札口を出たハヤミは、セイイチロウに相談を、持ちかける。あまりにも運がなく、呪われているとしか思えない。手首に揺れるお守り袋。これも気分的なものに思えると。ハヤミは寺の住職に一度、今の自分を見てほしい。ハヤミはツガワセイイチロウに、夏のこの忙しい時期に悪いと、寺の、都合を聞いたのだ。

「うん、そうだな」

ハヤミは、セイイチロウが思考に困るのも、無理はないと思う。

「お盆の時期だからなぁ」

と言ってハヤミは、ついこの前、七月盆が終わったばかりで、今度は八月盆を間近に、控えてるのだ。墓地の管理に納骨堂、急遽入る葬儀に顔を出して、御前に冥福の読経を上げる。チーンと夏のこの時期は、初盆の読経を上げに町を回り、お坊さんは、大忙しなのだ。

「いや、別の意味で、ちょっとな」

と、セイイチロウが言ってハヤミは、ちょっと風変わりな女の子の話を、聞かされる。墓地に現れて、人の声に逃げる女の子。

「うん、まぁ」

セイイチロウが少し、言いにくそうに告げる。

「何が目的なのか、分からない。すでに市内の墓地や霊園に現れて、気をつけろという電話に寺の親父が困り果てている。それでオレも墓地の見回りに駆り出されて、寺に、籠もりきりだ。せめて女の子の目的が何なのか分かれば対応もできるが、さすがに、これぱかりは本人でなければ分からない。そこで問題の女の子を捕まえようと、墓地の見回りを強化、しているところだ」

そして、セイイチロウがハヤミに、「遊びに来い」と言うのだ。

「そうだな、明日の午後三時半すぎあたりなら親父、寺にいると思う。火急の用事がなければ、の話だ。ハヤミっ」

そこに、郡部行きの路線バスが、停留所に停まったのだ。ピーッと開いた後部ドアを、セイイチロウが先に乗り込み、ハヤミは、パスカードにチョンと読み取らせて、バスの、後部に足を進めた。

「いいのか、遊びに行って」

セイイチロウが少し、窓側に身体を寄せて、言った。

「いい気晴らしになる」

ハヤミは少し、違っていた。

「遊びではなく〝お祓い〟をしてほしいんだけど」

「必要ないね」

セイイチロウが、ハヤミの胸元を指す。

「ペンダントを付けろ、お守りのペンダントを。それで無事解決する。めでたし、めでたしだよ」

ハヤミはフムッと思い、ペンダントに現れた赤い染みが嫌で、身に付けたくない。

「あれって無色透明だよな。赤くなったりするのか」

「え？」と、止まるセイイチロウを前に「うわっ」とバスが浮いたのだ。

あはははは。

道路の歪《ひず》みにバスがフワリと、浮いたのだ。忘れた、頃にやってくるあの感覚に身体が浮いて、楽しいアトラクションに乗った気分になる。

「ところでハヤミ、さっきの話だが」

と、セイイチロウが笑みに告げる。

「汚れ、じゃないのか、ケチャップか何かの。ガキの頃だからな、あのペンダントを下げ始めたのは。長年、身に付けていれば汚れも付くだろう。きれいに洗って首から下げてろ。この世でただ一つの、お前にだけ効く、酔い止めの薬だ」

「……洗っても落ちなかった」

とハヤミは首を振り言った。セイイチロウが、己の言葉をコクリと呑み込み、

「いつの話だ、詳しく話してくれ」

と頭を抱えた。フム、と考えるハヤミは、最初の異変に気づいたのは、今年の、高校のプール開きの時だった。「何か変だぞ」というクラスメイトの声にハヤミは、初めて赤い染みに気づかされた。

そんなに、しょっちゅう、ペンダントを眺めているわけじゃない。いつからと聞かれても困る。水道の蛇口をひねり、水に洗っても赤い染みは落ちなくて、透明な石の中で渦を巻いているように見えて、とにかく、気持ち悪かった。

「それで、どうした」

セイイチロウはすでに、怒る気にもなれない。

家にある。引き出しの奥に仕舞い込み、忘れていた。

「なぜ忘れる。一番大切なものを」

横で、アハハハと笑うハヤミは、バカが、付くほど呑気な奴だ。

「それでよく無事に二ヶ月ほど、生きてこられたものだ」

と言った。

セイイチロウに言われてハヤミは、「そうでもない」と言って、答える。

「最初は、そうでもなかった。高校二年に進級して〝ハヤミ君〟〝ハヤミ〟と、声をかけられる回数が増えた。ペンダントの赤い染みに気づいて、引き出しに仕舞い込んだあたりから、かな。今思えば」

ハヤミは、〝先輩〟と言っては待ち伏せに現れる一年の女子生徒に、付きまとわれるようになった。

「ストーカー被害か」

「そこまで大袈裟なものじゃない」

教師を交えての話し合いで、彼女は二年の領域に踏み込まない。ハヤミは一人にならないと誓約書にサインをして終わったように思えた。けど今日、学校でまた、同じことが起きた。ハヤミは一人にならないようにと教師の注意を、受けたばかりだった。

ツガワセイイチロウは、ハヤミの話にフムと頷き、バスの下車予定のボタンを押した。

〝次、停まります〟

セイイチロウは、ハヤミが降りるバス停に同行して、途中下車をしたのだ。

ペンダントを確認したい。帰りはタクシーを呼んでもらうと、セイイチロウは、ハヤミの背中を押した。

「ただいま。マキさん」

ハヤミは玄関を、フロアに一歩上がり、脱いだ靴を脇に、揃えた。エプロン姿に顔を、出してくれたマキさんに、ハヤミは、ツガワセイイチロウが遊びに来ていると、伝える。床に腰を落としたマキさんが、

「春のお彼岸以来ですね、お上がりください」

と譲り手に前を、勧めた。

「お邪魔します」

セイイチロウはフローリングでドンと、ハヤミに前を、ぶつけたのだ。

「二階にいるから」

ハヤミが言った。ツガワセイイチロウは、そんなことはいいからとハヤミを奥に、押した。
ワンステップに表の畳を踏み、黒光りの大黒柱を左手に、裏の、茶の間に入る。隅のカーテンを手にハヤミが、奥に進む木戸を手前に開き、急公配の階段を、上がっていく。三百五十年は経つという古い、家だ。セイイチロウは、取り外し可能な黒光りの階段を、膝を上げ体を斜めに、ゆっくりと、明るい二階に上がる。

手を、二階の手すりに付き、上がり切った先の曲がり廊下にハヤミの姿はなく、セイイチロウは一番近いハヤミの勉強部屋を、のぞく。

「あ、ちょっと待ってくれ」

私物のぶ厚い本を手に、ハヤミが、バタバタと隣の書庫に投げ入れる、最中《さいちゅう》だった。

「別にいいよ、そのままで」

「そういうわけには、いかないよ」

八畳の和室をバタバタと走り、バサッと白い布を広げて隅を、覆い隠したのだ。アハハハと笑うハヤミが、言った。

「いいよ、入って」

足を踏み込むそこは、古風な和の書棚に、引き出しといえば肘掛け窓の、机だけである。セイイチロウはハヤミに尋ねた。

「ペンダントは、机の引き出しの中か」

ハヤミが、「うん」と、言った。

セイイチロウは正座に使う和風の机を前に、両袖引き出しの一つに手を、伸ばす。ピンと弾く痛みに、指先にジンと、痺れが走ったのだ。それはあまりにも不用意に手を出そうとした、ささやかな、警告のようなものである。

木の温もりに、手入れが施された木目の天板に。ニスに磨き上げられた、いい机だ。机が、結界の役割に守っている。そう感じたセイイチロウは、腹《はら》に、力を入れた。

「開けるぞ」

引き出しの警告を肌に感じながら、セイイチロウは、手前に、引き開けた。甘い気配に、気が大きくセイイチロウは、赤く輝くペンダントを見る。


何でもできる。すべてをこの手に、つかめる。ほしい……。


ガン！　と頭に食らった一撃に、「なに笑ってるんだ」と、声がした。

急に世界が変わる。夏色の風に、ハヤミの勉強部屋にセイイチロウは自分が呑まれるところ、だったと理解する。思えば急に寒くなる。頭に、肌に、モサモサと気配が入り込み、自分の気が急にデカくなった。手に負えない。セイイチロウは、誘惑される自分に、気づけなかった。それをハヤミが気づかせてくれたのだ。ハヤミが本を、食らわせて、机の引き出しを閉めて、すべてを元に、戻したのだ。

手に負えない。何ともいえない心地いい、気分だった。しかしそれは、夏の、現実を上回るほど禍々《まがまが》しく願望を浮き上がらせた。大きく現実を捩じ曲げる、危険なものだったのだ。

「お前は、平気だったのか」と言った。

ハヤミは信じられずに、「何だよ、それ」と言った。

ハヤミは、見ていたのだ。赤い靄《もや》の、気持ち悪い気配がセイイチロウを襲い、おかしくなるところを。あれはハヤミが車酔いに感じる異質なものよりさらに、酷《ひど》いものだった。

「平気でいられるはずがない」

ハヤミは首を振り言った。

「あんな嫌なもの早く、処分したい気分だ」

ハヤミの話に、セイイチロウは、初めて分かった気がする。正気の沙汰じゃない。あのペンダントを、処分する。

「方法ならある」

ハヤミがそれを望むなら。

「今から言うものを用意できるか」

ハヤミは涙を拭って「うん」と言った。セイイチロウが身振りに、説明したものは、手の平サイズの木箱にサイズ違いの紙袋を数枚、用意してほしい、だった。

「分かった。マキさんに聞いてみる」

ハヤミは、勉強部屋を出たところで、床の、和盆のお茶に、マキさんだと思う。

マキさんは、よくこういうことをする。

「セイイチロウ、マキさんがお茶を」

「お、いいね」

セイイチロウは、お気に入りの肘掛け窓から腕を伸ばして、片足の格好で緑茶をすすった。ハヤミは手の和盆を、机に置く。

「好きだな、そこから外を眺めるのが」

「まぁな」

穏やかなセイイチロウに、ハヤミは「あっ」と思い出《だ》す。今日は一学期の終業式で、お昼がまだ、だったのだ。

「お昼、食べて行くだろう。マキさん、用意できなくて多分、困ってると思う」

セイイチロウがくすぐったそうに、「ご馳走になるよ」と言った。

「ハヤミ」

肘掛け窓のセイイチロウが尋ねる。

「用意してくれと、頼んだものは」

「密封できる小箱にサイズ違いの紙袋を、数枚、だよな」

「合ってるよ、早急に頼む」

と言ってセイイチロウは、「マキさんの手料理、早く食べたいからな」と付け加えた。

フム、と、考えて部屋を出るハヤミを見送り、セイイチロウは、外を眺める。

高級料亭の中庭、そのものを思わせる、ハヤミ家の広すぎる、中庭の日本庭園だ。特に、二階からの眺めがいい。ちょうどいい大きさの鯉が泳ぐ瓢箪池を、東から中央に、ツツジの球体が並ぶ。小高い丘の流れに松の木に、紅葉《もみじ》の木が並ぶ、緑の静観がいい。

小学校の卒業記念樹を思わせる梅の木に、親族に、酷《ひど》く叱《しか》られたという不釣り合いな薔薇の木が二本。転校前のハヤミが市内の小等科時代に、記念の花束を両手いっぱいに抱えて半分あげると言ったものだ。その時の薔薇を庭に、差しただけ。それだけでスクスクと大きく成長してしまい、見事に不釣り合いな庭になった。なぜなら、雛壇飾りに並ぶ鉢植えの盆栽が、すでに、忘れたようにくすんで見えるからだ。

セイイチロウがハヤミ家を初めて、訪れた時にはすでに、この状態に近いものだった。ハヤミ家のお祖母さまは薔薇の花に、育つものは仕方がないと口に、仰《おっしゃ》るわりには、お顔が嬉しそうに笑《え》んでおられた。その時の、お祖母さまに分けていただいた薔薇の花が、寺の隅で、異色な風物を醸し出している。

「バカモン！」と、親父の怒りも、ハヤミ家のお裾分けには、勝てなかったようだ。五歳年下の双子の兄弟が面白《おもしろ》がり、庭に差してくれたおかげで、バラ寺の異名に、相談客が増えた。

空《から》の、湯呑みを、ハヤミの机の和盆に置いて、セイイチロウは、クスッと可笑《おか》しくなる。寺の異色な薔薇にはご利益が、あるそうだ。本当かどうかは、セイイチロウにも分からない。しかし、有《あ》り難《がた》がられて、切りバラを、大事に持ち帰る相談客が、絶えないのだ。
「本当かな」「さぁ」と、小学六年の双子を含め、寺の両親が、半信半疑な顔になる。ま、気の持ちよう、なのだろう。

セイイチロウは、ハヤミの勉強部屋から眺める緑の景色が、好きだ。家の裏山と呼べる東門の奥に、民家が数軒建っているはずだが、さすがに下《ここ》からは見えない。見えないといえば、隠れた存在の、ハヤミ家の裏庭もいい。高級料亭を思わせる明るい中庭の下の、表の西門の広場ではテニスができる。デジタル世代には、のんびりとしたいい家だが、３Ｄ世代には退屈で何もない家。と……。マキさんの手料理があった。今日のお昼に何が出てくるのか、セイイチロウは少し、楽しみになる。

立ち上がる窓の外は、まるで三百年前の若君になった気分に、緑の中庭を高見の見物に気持ちがいい。あまりにも馴れ親しむハヤミには、この良さが分からない。むしろハヤミは、この家の跡取り息子の自覚すら、ないのだ。

東のハヤミ家。その名の通り、太陽のように明るい、いい奴だ。勉強部屋の隅に積まれた本は、相変わらず頭の固い、専門書のようだ。

「わっ」

ハヤミが白い布を戻して覆い、隠してしまった。

「見たな」

ツガワセイイチロウは、まあ、「ごめん」と、「頼んだものは」と尋ねた。ハヤミに紙袋を、渡されて、セイイチロウは、拝見する。

重ね入れられた袋の底に、ハヤミが少し手間取ったというちょうどいい木箱を、手にする。湯呑みが一つ、入っていた大きさの軽い木箱を、セイイチロウは、膝を折り、畳の上に置く。木箱の次にチョコレート屋の紙袋を立てて置き、和菓子屋の紙袋に、ケーキ屋の紙袋をと、ドミノ形式に並べていく。

「何が始まる」

ぼんやり顔のハヤミに指を向けて、念を押すセイイチロウは、その指を移動させて肘掛け窓の、和の机を指し示す。そして畳の木箱から順番に一つ、一つと紙袋を、四つたどる。

「つまりハヤミ、お前が引き出しのペンダントをこれに順番に入れて口を閉じて、手首に下がるお守りの袋を結び付けて、封印する」

手首の青い袋を見てハヤミが、言った。

「そこまでは気づかなかった」

さすがだとセイイチロウは、ハヤミの思考の速さに感服する。袋を並べ終えてセイイチロウは、ハヤミを前に座らせる。

「手首のお守りは最後に結び付けろよ。でなければ、お前が車酔い状態に倒れるぞ」

フム、と思いハヤミは、手首の青いお守り袋を見て、机の引き出しを前にする。ペンダントを処分したい。その気持ちに嘘はない。ハヤミの背後でセイイチロウが何やらブツブツと、小声につぶやいている。寺の息子の、妖術使いに、ハヤミは、とにかく目の前の作業に入る。

開けた引き出しの中の〝それ〟は、血の海を思わせるほど色鮮やかな気配の渦を巻いて、目が回る気持ち悪さに吐き気を覚える。

「ハヤミ」

おえっ、となるハヤミの背中をセイイチロウが、なだめながら、箱に入れろと言う。車酔いのフラつきにハヤミは、吐き気の口元を押さえて気味の悪い〝赤いペンダント〟を、ボールペンのフックに引っ掛ける。ペンを軸に回して畳の木箱に、それを落とした。蓋をして、木箱の紐を結ぶ。気持ち悪さは残るがハヤミは、木箱を紙袋に入れて口を折り、次の紙袋に入れる。ハヤミは口を折り袋に入れる作業を三回、繰り返して最後に、フルーツパーラーの紙袋に入れる。持ち手の紐にハヤミは、自分の手首から外した青いお守り袋を、紙袋を閉じるように結び付けて、すべての作業を終えたのだ。

「終わったよ」

回る車酔いの気持ち悪さにハヤミは、畳の上にダウンする。ハヤミは畳の上で、セイイチロウの姿に二度とやりたくないと思う。ハヤミは、小箱に紙袋を探し求めて、セイイチロウには頼めないと、分かっていた。手首のお守りで、封印する。と、ハヤミは、そこまでは思いつけなかったのだ。

「何が起こってるのか、説明してほしい」

とハヤミは言った。セイイチロウは「そうだな。その前に飯にしよう」と言って、ハヤミの困惑顔に少し笑えた。

階段を下りた一階の、茶の間のテーブルに用意された、濃い天汁《てんつゆ》の香りが食欲をそそる。天麩羅が丼《どんぶり》にデンと乗った、温野菜付きの天丼である。冷えたおしぼりに手を、きれいに拭きとり、セイイチロウは、遠慮なく〝いただきます〟と、箸を手に丼《どんぶり》の、海老天を齧《かじ》る。

ハヤミは、お吸物を口にして、胡麻に和えたインゲンを口に、運んだ。モグモグと咀嚼にハヤミは、やはり何が起きているのか、気になる。

今年の六月の頃、護符のペンダントに赤い染みを見つけた。水に洗い、落ちなかった赤い染みが、二ヶ月で、大変な事態になっていた。先ほど、ツガワセイイチロウは家の階段で、〝高校が違うからな、いつも一緒にいられるわけじゃない〟と言った。エビを咀嚼にハヤミは、それが気になる。家の階段でセイイチロウは何を思い、高校が違うと言ったのかハヤミは、今さら何を、と思うのだ。ハヤミは、尋ねた。

「さっきの話、だけどさ」

とセイイチロウに話しかける。

「通う高校が違うせいでこうなったような言い方、好きじゃないな」

そして、付け加える。

「そこに何がある」

フム、とセイイチロウは、めんどくさい。

「あっさりと認めて楽になったらどうだ」

ジーッと見つめるハヤミにセイイチロウは、観念したように言った。

「分かった。説明してやる」

面倒くさいと思いながらセイイチロウは、お守りの効力が薄れ、邪気に汚染された。その原因が、中学を卒業と同時に通う高校が違うせいで付き合いが希薄になり、こうなった。と説明する。

「考えてもみろよ」

と言ってセイイチロウは、何の気兼ねもなく一緒にいられた、ガキの頃を思う。

「小学四年の春、お前が町の小学校に転入して以来、町の中学校を卒業するまで当たり前のように一緒にいた」

そしてセイイチロウは、今を思う。

「それが一転して入学した高校の違いで、お互い顔を合わせる回数が、年に数回あるかないかに減ってしまった。慣れるまでは仕方がないとは思っていたが、電話を、かけるにしてもオレは、中学の頃から通っている神社の塾の時間帯に重なるし、お前は日曜の午前中は水泳教室で家にもいない。お互いに、時間が取れない高校生活に追われて、些細な異変に、気づけなかった。それが原因だと言ってるんだ」

ハヤミの箸が止まり、食事半ばで畳の上で座布団を枕に、横になったのだ。どうやらハヤミはまだ、気分が悪そうだ。セイイチロウは、意外におとなしいと感じたハヤミに、気づけなかった自分を含めて、「ごめん」と言った。息をついたハヤミが、答えた。

「それで、どうすればいい」

意外にもハヤミは話を、聞くつもりはあるようだ。セイイチロウは、話を、どこまで口にしたのか分からず、二階に上がるカーテンの前に置いた、フルーツパーラーの紙袋を見る。

「そうだな」

と言ってセイイチロウは、考えをまとめる。

「明日、寺に来い。あのペンダントは使いものにならない、別のものを用意してやる。お前の望み通り〝お祓い〟をしてやるから、明日、ちゃんと寺に来いよ、ハヤミ」

青のお守り袋を外したせいなのか、畳に横のハヤミはまだ、調子が悪そうだ。

「ごめん、セイイチロウ。何か迷惑をかけるようで、悪い。心配してくれて、ありがとう」

と座布団を枕に、言った。まあと、セイイチロウは、パクとご飯を口にモグモグと、出汁《だし》の利いたところに温野菜を、マヨネーズに取り、口に入れる。柔らかな歯応えの、薄味なマヨネーズサラダになる。野菜の苦味がなく、口に優しい味だ。インゲンの胡麻和えも、悪くない。パクパクと口に、セイイチロウは、マキさんの手料理を、たっぷりと堪能したのだ。御馳走様でした。

「失礼をいたします」

マキさんが、食後のお茶を、持ってきてくれたのだ。

「若君さま」

畳のハヤミに気づいたマキさんが、あれこれとハヤミに世話を焼く。甘えに育つ、いいところの坊ちゃま。

「もう、大丈夫だからマキさん、少し乗り物酔いに気分が悪かっただけで、もう平気だよ」

ハヤミが料理に箸を付けた。顔を曇らせるマキさんが、ハヤミの平気に些か不安を残して、一礼に、身を引いたのだ。セイイチロウは、マキさんの異常な過保護ぶりに参ったと思いながら、ハヤミを見る。中学校を卒業してやはり、関心が薄れたようだ。セイイチロウは、昨日の、オキノを思い出す。そして言った。

「昨日の電話で、お前、オキノに何を言われた」

疲れた顔のハヤミが首を振り、言った。

「話したくない」

箸の進み具合が遅く、ハヤミにセイイチロウは、軽く促す。

「無理をせず、あとで食べたらどうだ。オレが話をしてやるから」

と言って腰を上げた。


セイイチロウは、中渡り廊下に足を進めて、フローリングの奥の、作業場にマキさんの姿を見る。裁縫の針を置いたマキさんに、セイイチロウは、駅からハヤミ家に来る途中に起きた出来事を説明して、お祓いの話をする。

「以前のものは使えません、こちらで引き取ります。その封印に、用意したお守りを使ってしまい、体調が戻るまでしばらくかかると思います。無理をして食事をとるより、あとで、食べる方がいいと思いますのでプラスチック容器か何か、用意できませんか」

「そう、ですね」と言ってマキさんが「ご心配をおかけいたします」と、頭を下げた。

セイイチロウは、マキさんからの電話に、同じ言葉を聞かされていた。帰りの足がなく、ハヤミの、体調を気にしての言葉だった。

マキさんの、

「胸の護符《ペンダント》を外されて……」

の声にセイイチロウは首を振った。

ハヤミの日常は、高校と自宅の自転車通学で、人込みを避ける生活をしている。それが朝の登校に遅刻しそうになり、発覚したのだ。

「寺でみっちり、お祓いをしてやりますよ。ハヤミもそれを望んでいますので、拒否はしないと思います。安心してください」

プラスチック容器を手にセイイチロウは、茶の間に戻る。ノロノロと食事を続けるハヤミのテーブルに、容器を置いて「使え」と言った。ゆったりと手を伸ばすハヤミには、お守りが必要なのだ。

自然の声を人に伝える、神子《みこ》の役目を背負うハヤミは、人込みに弱い。セイイチロウは、その原因がようやく分かった気がするのだ。赤いあの邪気は、人の内面に渦巻く感情そのものだった。心地いい気分に包まれて、逆に寒気を覚えた。ハヤミはそれを、乗り物酔いの時より酷《ひど》いものだった、と言ったのだ。それを、知らなかったとはいえ、セイイチロウは、胸の護符を外してこの二ヶ月ほど、よく生きてこられたと思うのだ。

「食事はもういいのか」と、言った。

うんと頷いてハヤミが、腰を上げて、涼しい風が入る裏庭を前に、窓のそばに腰を下ろした。セイイチロウは、

「マキさんに渡してくる。そこにいろよ」

と念を押した。容器がやけに軽い。

風に当たるハヤミを横目に、セイイチロウは、廊下を進む。作業台で服を畳むマキさんに、セイイチロウは、プラスチック容器を差し出す。そして言った。

「裏の神社の、湧水《ゆうすい》の鯉にあげてください」

車酔いのハヤミが、頑張ったお蔭で半分も残らなかったのだ。ハヤミは常に、努力する。前に立ち向かおうと努力する姿を、セイイチロウは、町の中学校を卒業するまで、ずっと、見てきたのだ。


腰を下ろして、尋ねた。

「気分はどうだ」

窓のハヤミが、少し馴れてきたように、答えた。

「見ての通りだ」

そして風を眺める。

「なぁ、セイイチロウ」

ハヤミが窓枠に背中を預けて、言った。

「昨夜ケイスケが電話で、中学の修学旅行で一緒だったアズミタカシの話をした。中学を卒業して一年以上も経ってからだ。オレは、口下手なアズミと話をした覚えがない。それでも人は人を恨むのか」

セイイチロウは、昨日のオキノケイスケの電話で同じ話を、聞かされた。

〝お前かハヤミのどちらかだ〟

やはりあの後、オキノケイスケはハヤミに同じ話を、したようだ。

人は人を恨むのか。

「お前はどう思う」

ハヤミの頭が揺れた。

「知らないよ、そんなこと。オレはアズミじゃない。アズミタカシが何を考えているのか、分かるわけがない。だから聞いてるんだ、何か知ってるのかと。でなきゃ、こんな嫌な話などしない、絶対に」

と言った。

セイイチロウは肩《かた》をゆらしながらスマホを出し、言った。

「嫌なら忘れろ、すでにバラバラになって顔を見なくなった相手だ。この先も二度と会うことはないだろう。キャラが違うからな、肌に合わない。それが答えだ」

と腰を上げた。

ハヤミは、少し違うと思いながら、表の八畳間で電話をかけるセイイチロウを見る。

「相当ヤバいです。意識を持って行かれそうになりました。はい」

ふとハヤミがいる裏の、茶の間のテーブルで、マキさんが、

「ご気分はいかがでしょうか」

食器を和盆に下げながら、マキさんが言った。


「悪くないよ」

と言ってハヤミは、オキノケイスケの電話に、マキさんに、頼み事があったと思い出す。

「突然で悪いけどマキさん、少しいいかな」

ハヤミは、手を止めてくれたマキさんに、胡麻豆腐を六人分、作ってほしいと申し出る。

「西の動物病院の近くに住む、中学まで遊びに来ていたオキノケイスケに、昨日の電話で、マキさんの胡麻豆腐が食べたいと、頼まれた。今日、明日という話でもなくて、動物病院にTシャツを返しに行くついでに、ケイスケに届けようと思って。獣医の先生から電話が来てからの話で、まだ何も、決まってないけど」

マキさんが胸を引いて、

「よろしいのでしょうか、私のような無作法な者が作る、ものなど、で……」

と顔を伏せた。ハヤミは、長くなる話はしたくない。ハヤミは短く尋ねた。

「どうしてもダメ？　楽しみにしてるのに」


「何をもめてる」

と、ツガワセイイチロウが言ったのだ。ハヤミはすぐさまセイイチロウに、マキさんの胡麻豆腐をオキノケイスケに届ける、という話の流れを説明する。そして言った。

「いや、あの涎《よだれ》を垂《た》らすケイスケにお預《あず》けとはいかなくて。可哀相で、つい届けると、言った」

うう、とハヤミは墓穴を掘った気分に、続けて言った。

「まだ本調子じゃないんだ、うまく説明できない。この場を何とかしろよッ」

とセイイチロウを前に、押した。ハヤミに代わり、ツガワセイイチロウは、マキさんの胡麻豆腐をオキノケイスケに届ける、という話に頭を切り換える。そして言った。

「家庭の味ですよ。あの、杏仁豆腐を柚子《ゆず》味噌で食べるデザートのような胡麻豆腐は、他の者には作れません。寺で精進料理に胡麻豆腐を用意しますが、あれは、赤味噌で食べるノーマルなものです。味が違います。つまりオキノケイスケが求めて食べたいと思っているものは〝マキさんの胡麻豆腐〟ですよ。他の者には作れません。ご自分の料理の腕に自信を持っていいと思います。オキノもそれを楽しみに待っていると、思いますよ」

それに、とセイイチロウは、合掌をして、告げた。

「お昼をとても美味しくいただきました。ご馳走様です」

と、お礼を述べたのだ。

「それはご丁寧に、お粗末様でした」

と、一抹の空白にセイイチロウは、くすぐったく感じて、アハハハと笑った。ハヤミは、ホッとした笑みのマキさんに、お願いをする。

「胡麻豆腐を六人分、作ってくれる？　卵サイズでいいから。獣医の先生が電話をすると言っていたし、そのついでにケイスケに届けてくる」

「はい、承知いたしました」

そう言ってマキさんが、メモ用紙にペンでサラサラと書き留めてエプロンのポケットに、入れたのだ。

ツガワセイイチロウは、食器を下げるマキさんを見送り、ハヤミに、「驚いた」と声をかける。

「お前、具合悪くて何も話、できなかったからな。体調はもう、いいのか」

「いいわけがない」

ハヤミがブスッとした顔で緑茶を一口、ごくりと喉に通した。そして言った。

「考え事がまとまらない、イライラする。話なんかできる状態じゃない、帰ってくれ」

やはり、そうかと腰を上げるセイイチロウは、フルーツパーラーの紙袋に学生鞄を手にする。

青のお守り袋は、一つしか用意できなかった。

「昼寝に身体を、休ませておけよ」

ハヤミの胸の、ペンダントは邪気に汚されて、使いものにならない。

「明日、寺に来いよ、お祓いを受けに」

早く帰れと煙たがるハヤミに、セイイチロウは、背を向ける。中学を卒業するまで、ずっと、一緒だった。ツガワセイイチロウは、寺の住職を務める父の勧めで、通う、法力学の塾に一番近い公立高校に通っている。オキノケイスケは、町の西から一番近いという理由で、簡単に決めてしまった。

人の、吐息に、気づけば疲れた顔のハヤミが、玄関のフローリングに居るのだ。

セイイチロウは、ハヤミに告げる。

「いいよ、見送りは。それより寝てろ。オレはこれからタクシーで市内に戻る。こんな危険なもの、寺に持って帰れるか。通う塾の先生に預ける。その足でオレは、ペンダントに使う宝玉を探す。お前に相応《ふさわ》しいやつをな」

ハヤミカズマサ・ナオユキ。

ごめんと手に、合図を示すハヤミは、ガキの頃から手のかかる、一番の友人だ。

「ニャーノ」

玄関を勝手に入った白い猫が、フローリングのハヤミに遊んでと、よく懐いている。

「初めて見る奴だな、どこの猫だ」

「裏の、サトウさんちの猫。去年生まれたようで、まだ、子猫だよ」

と言ってハヤミが少し笑った。

「あ」

猫に誘われてハヤミが「送るよ」と、玄関で和の草履を引っ掛けて、庭に出る。セイイチロウは、そんなハヤミを追う形に、外に出る。表の庭先で、ハヤミが猫と遊んでいる。気分が悪いと言っていたあの不機嫌は、どこに行ったのか。


中学を卒業したハヤミは、外交書記官を務める父親が、卒業した、部活動を重んじる公立高校に自転車で通っている。文武両道など、人間業ではない。しかし、やりたいことができる点では、自由な校風に伸び伸びと楽しめる高校だと、寺の父が、言ったのだ。お蔭で、見事に、オキノケイスケにハヤミ、そして自分と、通う高校の違いに、生活そのものが、バラバラになってしまったのだ。白い猫を前にセイイチロウは、尋ねた。

「なぁハヤミ、オキノケイスケが言った、白いカラスの話は、本当なのか。普通、カラスは黒だろう。いるのか、白いカラスが」

ハヤミは、少し困って、答える。

「獣医の先生が、空《そら》でカァと鳴くカラスだと言ったから、そうなんじゃないかな。見た目は海の鷗《かもめ》が迷い込んだと、思ったくらいだ」

おおい、という表情でセイイチロウは、言った。

「鷗は冬鳥で、夏のこの時期にいるわけないだろう。それも、台地の森の中に、いるか」

ハヤミは、じれたように言う。

「だから、見た目は鷗だった。自分の目で確かめてみればいいよ、西の動物病院にいるから。白くて大きな鳥が、見た目で珍種のカラスだと分かるなら、そのまま学者になれるよ」

と猫に、「なぁ」と言ったのだ。ツガワセイイチロウは子猫に、お株を取られた気分だ。

そこにようやく、郡部のハヤミ家にタクシーが方向を転換して、バックに到着したのだ。

「じゃな、ハヤミ」

と言ってセイイチロウはふと足を止めた。

「明日の昼すぎ、寺に来い。お祓いの前に禊《みそぎ》の、精神修行をやってもらう」

驚きにハヤミは猫を、落とした。

「逃げるなよ、徹底的にお祓いを、受けさせてやるからな。明日の昼すぎに、寺に来い」

そう言って、タクシーに乗り込んだのだ。

ハヤミは一気に、現実に引き戻された気分になる。車の赤いテールランプが西門の先に、消えて、ハヤミは、精神修行を思う。滝行とか坐禅とか、本当にやるのだろうか。ハヤミは、〝この根性なし、お前それでも男か〟と、散々に言われたガキの頃を、思う。冬の寒空ではなく、夏の暑い、この時期で良かったと、ちょっぴり引き気味に、思った。

あ、鯉にご飯あげるの、忘れてた。鯉のご飯、とのぞき込む縁の下に「ニャーノ」と、奥の仕切り板の前に白猫がいるのだ。

「なんだお前、こんなところにいたのか」

ハヤミは猫に、「おいでおいで」と声をかけるが、丸くなり、眠ってしまったようだ。邪魔をするようで悪い気もするが、ハヤミは、〝ごめんね〟と、鯉のエサ袋を出して腕に、抱える。ハヤミの日常は、のんびりと流れていた。


明日の昼すぎに来い。

一夜明けてハヤミは、電話の確認で、告げられた。

「待ってるよう」

シゲシゲな双子に言われて、ハヤミは、自転車を走らせる。町の中央を通り、北の、なじみのある林の参道を少し入ったところの、石段を目に、自転車を停めた。ご先祖が、馬の手綱止めに使った鉄の輪に、ハヤミは、チェーンを通して自転車を停める。

寺の境内に続く石段は、迫り上がりに伸びて、木陰の涼しい風を、通す。ハヤミは二段飛びに石段を、駆け上がって行く。ハヤミが背負うリュックには、着替えが入っている。

〝泥だらけでは困りますので〟と、マキさんが用意してくれたものだ。高校二年になり、セイイチロウですら、無茶はしないだろう。

〝一応、念のための備えにございます〟と、ハヤミは、マキさんの気づかいには、かなわない。

「来たね、ハヤミのユキ兄《にい》」

声の、小学児童の二人は同じ顔で、Tシャツの色違いを除けば、見分けがつかない。

「どっちがどっちなのか、教えてほしい」

一卵性双生児が、アハハハと笑った。

「ボクが、シゲハルだよ」

赤いTシャツの子が言った。

「そう、オレが、シゲノブだ」

青Tシャツの男の子が胸を張り、満足そうに言った。赤Tがハルで、青Tがノブか。ややこしい。

「二人合わせてシゲシゲだよ」

赤Tのハルがハヤミの腕を取り、「たっぷり面倒、見てあげるよ」と言った。

「恐ぁい、うちのイチ兄《にい》に、頼まれてるからな」

青Tのノブがハヤミの背後に回り、「サボらないように見張ってろ、とさ」と、ハヤミの背中を押したのだ。うわ、とハヤミは、シゲシゲな双子に挟まれながら、寺の境内に足を進める。

林に囲まれた、涼しい境内の左手に見えてくる、高床式の本堂。表を合掌に一礼をして、その石段を登り、上がり口の脇に靴を揃える。

「行こう」

赤Tのハルが言って、「シィ」と、青Tのノブが静かにしろと、言った。木目の階段を上がるノブが本堂の中、と指に、示したのだ。木目のステップを上がりハヤミは、フローリングの広い本堂の中に「あっ」と、思う。中央の奥に置かれた御本尊を背に、セイイチロウが罰当たりな坐禅を、組んでいるのだ。静かにしよう。セイイチロウを怒らせると、後が、面倒だ。〝やるかテメェ〟と、怒りに木刀を振り回す勢いに、とことん付き合わされるのだ。

本堂の回廊を、忍びに歩き、ハヤミは、控えの八畳間にホッとする。床の衣箱《ころもばこ》に置かれた白い和服が、ハヤミに、ここに来た目的を思い出させる。精神修行の話は、本当だったようだ。そこに声がした。

「下着の着替え、ある？」

赤Tのハルに言われてハヤミは、素直に答えた。

「リュックの中に」

「そう、良かった」

とハルが、リュックを手に、告げる。

「中にはいるんだよね、何も持たずに〝修行させてくれ〟と、頼みに来る大学生のお兄さんとか。電話を入れてくれればいろいろと教えてあげられるけど、いきなりここに来て〝お願いします〟ではね、困っちゃうよね」

ハヤミは寺のことを、よく知らない。

「そうかも、知れないね」

はい、と、青Tシャツのノブが、広げた和服の袖に腕を通して、ハヤミは、双子の兄弟を前に身仕度を、整える。

少し、寸足らずな、白の、着流しである。

「貸し出し用の、修行の上下は今、切らしているから、それ、イチ兄のお下がりだよ」

赤Tのハルに言われてハヤミは、セイイチロウとそんなに身長、変わらないと思う。

「どうでもいいだろう、着る服がありゃそれで。ほら行くよ、早くしないと父さん、帰ってくるぞ。お祓い、受けに来たんだろう」

青Tシャツのノブに言われてハヤミは、うんと、答えた。

「ユキ兄には悪いけどオレ、そんなに付き合えるほど暇じゃないんだ」

じゃな。と、青Tシャツのシゲノブが、来た道を、一人、戻って行った。

「行こう」

ハヤミを誘う赤Tシャツのシゲハルが、「案内する」と、言った。

足元を夏草履のハヤミは、赤Tシャツのハルの、道案内で、裏手の林を奥に入っていく。

「どう思うユキ兄、墓地に現れる女の子の話。何の目的が、あるんだろうね」

水の香りが流れる緩《ゆる》やかな、下り坂を、赤Tのハルがタタタッと駆け下りていく。

「早くぅ」

下り坂の途中をハヤミは、イオンの香りに流れ落ちる滝を見る。川の上流をスパンと段差に、できたような、緩やかな、水流の滝だ。こんな、だったかな。夏の陽差しをキラキラと反射して、森の憩いの場にハヤミは、茶菓子に一服、流し素麺《そうめん》が食べたい気分になる。そこに声がした。

「ユキ兄、滝行はどうするの。やるの、やらないの」

足先を水に弾き、岩に、チョコンと座るハルに言われてハヤミは、仕方なく裸足になる。めんどくさい。と、ハヤミは肩の力を抜いた。

小学六年のシゲハルは、岩を伝い、滝行に入るハヤミのユキ兄を、注意深く見守る。ハルは、寺のイチ兄に、告げられていた。

〝何も言わなくていい。ただ、すぐに気が逸れて遊びたがるからな。逃げ出さないようにハヤミを見張ってろ〟と、頼まれたのだ。

ポン、ポンと、ハルは、ジャンケンで、シゲノブに負けて、ユキ兄の滝行を静かに、見守る。何もしゃべらずに、水に打たれるハヤミのユキ兄は、本当に静かだ。寝てるのかな。直立不動に、不思議な印を結ぶハヤミのユキ兄は、とても静かだ。肩から背に滝の水に打たれるその顔は、とても静かで、軽く開いた口元が呼吸をしていると、分かる程度だ。いったい何を、考えているのだろう。

ん？　そもそも滝行とは、邪念を払い、自分を見つめる姿勢を作る、その第一歩で。何も考えずに自然と一体になる。

ハルは、ハヤミの滝行に合格点を出して、楽しくなる。バシャバシャと水音を立てて、ハヤミを見る。滝の音で聞こえないのか、水に打たれる白いユキ兄の姿に何の変化もない。ものすごい集中力だ。

でも、そんなに続くかな。湧き水を水源に、流れる川の水は冷たくて、夏場のこの時期でも十五分が限度だ。

初めて滝行を経験する人は、決まって「冷たい」と、三分ももたない。ハヤミのユキ兄もそろそろ音を上げる、頃かな。

ハルは不思議に周囲の、森が静かすぎると思う。変だな。普段は五月蠅《うるさ》いくらいに聞こえる鳥の声も蟬《せみ》の声も、まったく聞こえない。どうしたのだろう。水中の魚が群れをなして、同じ方向を、向いている。滝を、見ている。

ハルは、地を歩く鳥に、ビクッとする。数十羽、いや三十羽近くはいると思うからだ。黒ブチ顔のタヌキまで、岩場に、太っちょ猫の体をノッソリと、見せている。ありえない。警戒心が強い森の動物が、どうして、集まってくる。同じ方向を、見ている。滝行のユキ兄を、見ている。

直立不動のユキ兄は、とても静かだ。何も変わらない。白い着物が水に濡れて、どのくらい、経った。二十分、いや三十分は過ぎると、思う。これ以上は身体がもたない。病気になってしまう。

わ。と、大きな背中がハルを、止めた。白シャツの、大きな、セイイチロウの背中である。いつの間に。確か寺の本堂で坐禅を、組んでたはずだよね。本物かな。

ハルはペタペタと兄の身体に手を触れて、地面に兄の影がないと、その場に腰が抜けた。

兄の法力にはいつも、泣かされてきたが、こんなにはっきりと、見分けがつかないものは初めてだった。

影のない兄の、偽者が、滝行にフラリと崩れたユキ兄の身体を、肩に担ぎ、戻ってくる。地面に膝を、突きながら、ハヤミのユキ兄をゆっくりと下ろして横に寝かせたのだ。ユキ兄の顔に手が、触れた、直後に、消えてしまった。

ヒラリと舞う一枚の紙が、シゲハルの前でボッと、燃え尽きたのだ。

シゲハルは話に、聞いていた。陰陽師系の塾に通う、セイイチロウの、呪術式だったのだ。しかしハルは、ハッキリと目にして、白昼夢を見せられた気分は、初めてだった。イチ兄のやり方には、ついていけない。ハルはすでに、大泣きしたい気分だ。

森の動物が、集まってくる。地面に眠るユキ兄のそばに、ピッタリと寄り添っていく。森の動物が人の身体に、添い寝をしている。

もう、わけが分からない。必死に逃げ出して、ハルは木の奥に、動物に囲まれて眠るユキ兄を、見る。何が起きているのか、分からない。グチャグチャな感じに、ハルは林の、獣道を走る。すべてを仕組んだ、イチ兄。兄のセイイチロウを求めて、ハルは本堂に、駆け込んだ。

ドンと体当たりな衝撃に、セイイチロウは、坐禅の集中から、ゆったりと目を、開ける。昨日の夜遅くに出来上がったペンダントを目にして「イチ兄」の声に、赤Tのハルを、見る。

「どうした」

ハルの目から涙が、こぼれた。

「説明してよ。もうわけ、分かんないよ」

坐座の膝に崩れて、まとわり付くハルの腕に、セイイチロウは少し、困る。

「来年は中学一年だぞ、いつまで甘える気だ」

ぐずりに甘えて、いじける弟はシゲハルだけだ。セイイチロウは、飛ばしたシキ神を通して滝でのハルを、感じていた。こんな状態でやっていけるのかどうか。セイイチロウは肩の力を抜いて、目を閉じる。光輝くイメージを見つめて、波長を、合わせる。

ハヤミがまだ、私立小学校に通っていた小三の十二月に、本格的なお祓いを執り行なった。横たわるハヤミを前に、ただの見物でしかないセイイチロウは、退屈を感じていた。しかし自分の身に異変が起こりパニックになった。わけが分からず、言われるまま、セイイチロウは、ペンダントにハヤミを守れと、思いを込めた。それで終わったと思っていた。

ただのきっかけに光のイメージが残り、セイイチロウは、ハヤミのお祖母さまが亡くなられた中一の秋を境に、法力学の塾に通い始めた。それがお祖母さまの、ハヤミを守ってほしいという遺言でもあったからだ。

高校二年の夏、の本堂に、目を開けるセイイチロウは、「おい」と膝に眠るハルを起こす。

「何を寝ているんだ、勝手に人の膝の上で」

うん。と目をこするハルが、「何、イチ兄」と寝惚け眼に、言った。シゲハルはいつもこうだ。双子の思考はほぼ、同じだ。しかし作用する動作が違うのだ。

「ハヤミはどうした。かみつかれたのか」

坐禅に集中したいセイイチロウは、本堂を離れられない。

「言ったろう、見張っていろと。それを置き去りにしたハルが悪い。オレはここを動けない、あいつの面倒を、任せるぞ」

静かに、坐禅の精神統一に入るセイイチロウを前に、ハルは、仕方なくハヤミのユキ兄を迎えに行く。落ち着いてみれば何でもなかった。びっくりして、ただ、わけも分からずにパニックを起こした。

〝森の動物に、かみつかれたというなら分かるが〟と、確かに、イチ兄の言う通りだ。警戒心の強い森の動物が、あんなに、集まって来るなんて思わなかった。ただ、びっくりして逃げ出した。ハヤミのユキ兄は今日、滝行を受けに来たワケでもなく〝お祓い〟を、受けに来たのだ。邪念を払う滝行で、すっかり時間が、かかってしまった。

水の香りがする滝の周りにはまだ、ユキ兄を囲むように森の動物が、残っている。太っちょな黒ブチ目のタヌキが一番、恐いと思う。

ユキ兄はまだ、眠ったままだ。

「起きて、ユキ兄」

ハルはふと、ユキ兄の白い着物が乾いていると思う。いくら夏の時期でも早すぎる気が。ま、いいか。

「起きてよ、ねェ、ユキ兄てばぁ」

ウンと背を向けて二度寝をするとは、いい度胸、してるじゃないか。ふんと、馬乗りになり「起きろ起きろ起きろーッ」と、ハイ、ドウドウ。

「なんだ、セイイチロウの弟か……」

ユキ兄の力がスーッと、抜けたのだ。

「おい、ユキ兄」

ハヤミの顔をペタペタと触る、おでこに熱はない。いったいどうなってるんだ。ただ眠っている、としか思えない高校生のハヤミを、ハルは肩に、担いで行くしかない。


あの坂道を、登るのか。

自分の体重プラス十キログラムのハヤミの重さは、小学六年のハルには重すぎる。

コンコン。とものを打つ音に〝何だ〟と思い、ハルは、緩《ゆる》い坂道を登る。背中にユキ兄を担いで着物を前に、引っ張りながら、坂道を登る。

コンコンと音に、誰もいない。お腹に力を入れて、ハルは、獣道に重い足を一歩、一歩と前に進む。コンコンと音にハルは、寒くなる。コンコン、コンコンと音が〝ユキ兄の頭の辺り〟から聞こえてくるからだ。

「歩く……」

うぎゃー。とハルは、すべてを、投げ出していた。白い着物姿のユキ兄が、手を突いて身を、起こす。

コンコンと音を立てる木の棒を、口に喰えた黒ブチ太っちょのタヌキが、渡したのだ。

「歩くよ。だから……」

木の棒を支えに、何か、ブツブツと、口に、しゃべったような。バサバサと羽音に鳥がユキ兄の肩に、留まったのだ。

「ありがとう……」

ゆっくりと木の棒を支えに、一歩、一歩と歩くユキ兄は、とても辛そうだ。

「歩くよ。歩く」

誰と話をしてるのか、それともただの一人言なのか、ハルには、分からない。でも、ハヤミのユキ兄が歩いてくれるお蔭でハルは、無理だと思った坂道をようやく、登り切ったのだ。後は、林の獣道を通って下《くだ》り坂を下りきった先に、裏手の、境内に出る。

肩に呼吸を繰り返すユキ兄は、目に光がなく、本当に、辛そうだ。ハルはハヤミのそばに付いて、

「気をつけて、ゆっくりでいいから」

と声を、かけ続けた。

「ハル、今行く」

寺の方から袈裟を身に付けた黒髪の父が、息を、ハァハァと弾ませながら、登ってきた。

「どれ、ワシが代わろう」

バサバサと鳥が、離れていった。

「何じゃ、無責任な鳥だな。おっと。まだ眠ってくれるなよ。ハル、手伝ってくれ」

長身な父に言われてハルは、ほとんど眠ってしまったユキ兄の身体を、支える。

「そっとだ」

腰を屈《かが》めた父に言われてハルは、ユキ兄の身体を父の背中に預ける。

「後は腰紐を、回してくれ」

ユキ兄を背負う父の上半身をハルは、落ちないように脇に通して、腰紐を固く、結ぶ。

「いいよ」

「よし。草履が、邪魔だな」

父が脱いだ草履を拾い、ハルは「あっ」と、思い出《だ》す。

「ユキ兄が脱いだ草履を、滝に、忘れてきた」

「何だ、そんなことか」

フムと言った父が後ろを向いて、

「おおい、草履を返してくれェ」

と森に叫んだのだ。

「そのうち戻ってくる。キツネに化かされたようにな」

父は引き足に、後ろに下《さ》がりながら坂道を注意深く、下りていく。

本当かな。

痛ッと、ハルの頭に何かが、降ってきたのだ。

「カァ」と、鳴く黒いカラスが上空を旋回して、どうやらカラスの悪戯だったようだ。ハルは言った。

「もう、焼き鳥にして喰ってやる」

そこに真っ黒なカラスが襲ってきたのだ。わわ。

「カァ、カァ」

「ああ、ありがとう。ご苦労さん」

父の笑みに、ハルは地面を見る。そこに、忘れたはずの草履が片方、落ちていたのだ。

「その辺にもう片方、落ちているはずだ。シゲハルに当たり、飛んでしまった、ようだからな」

ハルは、さっき自分の頭に当たったものが〝滝に忘れた草履〟だったとは、困った悪戯なカラスだ。

その辺に落ちているといって、どこにあるのだろう。獣道の脇をハルは、見て回り、木の根元に草履を発見する。

「あったよう」

でも、これって、どういうことだろう。

「シゲハル」

父の声に「ハーイ」と答えてハルは、二組の草履を手に、林から、獣道に戻る。カラスが届けてくれたような出来事にハルは、父に、尋ねた。

「どういうこと。父さんてもしかして、カラスと話ができるの？」

父は笑みに「いや」と言って、足を後ろに坂道を下りながら、答えた。

「若君の力《ちから》だよ」


住職を務める父が背負う、ハヤミ家の若君。ただ眠っているとしか思えないハルは、「どういうこと」と聞く。

「ハヤミのユキ兄の力《ちから》、て何。森の動物達と何か関係があるの。それに、何でユキ兄は眠っているの。歩いている時、とても辛そうにしていたし。何で、ねェ父さん。どうしてユキ兄は眠っているの。ハヤミのユキ兄の力、て何」

寺の、裏手に父は足元を返して腰を、低くユキ兄を背負い直した。そして父が言った。

「難しいな。それを今すぐ説明しろとは、難しい。言葉が出てこない」

フムと父はユキ兄を負んぶに歩いていく。はて。うう、と考えるハルはますます、分からない。ハヤミのユキ兄の力が何なのか、ハルはその一点に絞り、「待ってよう」と、父の後を追った。


父と戻った寺の本堂では、母とシゲノブが〝お祓い〟の準備を進めていた。

「ゆっくり、そっとだ」

眠り続けるハヤミのユキ兄を、父と母が敷布団に仰向けに、寝かせている。ハルは、母に叱られた泥だらけの服を着替えて、シゲノブと二人、本堂に戻ってきたところだった。色違いに着替えたシゲノブが、ふと、聞いてきた。

「あれ、どういうことだ」

赤Tシャツのハルは、首を振り、答えた。

「知らない。お祓いが先だって」

服を着替えたノブを見てハルは、ハヤミのユキ兄の着物がきれいだったことに、身体に傷が、一つもないと、不思議なことばかりが続く。ハルは父について回る。そして尋ねた。

「ねェ父さん、教えてよ」

「そうだなぁ」

言葉を濁す父のそばに、チョコンと座る。そこに父が尋ねた。

「ん？　シゲノブは、どうした」

父に聞かれてハルは、母のそばにいるシゲノブを、指さす。そして言った。

「あっち」

フムと父は、思い付いたように、明るく声を上げた。

「シゲノブ、ちょっと来い」

手招きに来い来いと、呼び寄せた。そこにシゲノブが、軽く迷惑そうに言った。

「何、オレ今、忙しいんだけど」

「いいから、いいから」

父は、和服の袖を揺らして、横から一対《いっつい》の大きさ違いの緑色の、お数珠を手にした。そして言った。

「相談客の、預かり物だが、ここに、黒い染みがある」

と指に示した。それは小さな一点の、黒い染みだった。父の手が動いて、さらに続けて言った。

「そしてもう一つには、赤い染みがある。よく見ているんだよ」

父は、二つの数珠を静かに、眠るユキ兄の胸元に置いたのだ。シゲハルは、ユキ兄の胸元に置かれた、数珠を見る。着物がきれいな理由も傷がない理由も、分かると思ったからだ。そこにシゲノブが呆れたように、言った。

「これだけ」

青Tシャツのシゲノブに父は、軽い笑みを浮かべて、答えた。

「見逃してしまうぞ」

父の様子に、しょうがない、とシゲノブは、緑色の数珠に付着した、赤い染みを見る。細い糸屑に、反時計回りに渦を巻いてフッと、消えてしまったのだ。シゲノブは、

「何、今の」

と言ってシゲノブは父に、ムッとして、

「説明してほしいもんだ」

と強気に言った。赤Tのハルは、胸を張るシゲノブに「う」と、その場を逃げ出して、母に、しがみ

付いた。

「どうしたの、いきなり」

母の声にシゲハルは、「あれ」と、父とシゲノブを指差した。

「また始まったのね、この忙しい時に」

母は、強い人だ。

「こっちに来なさい。アナタは早く、お祓いを始める。ちっとも片付かないんだから」

父ですら母には形無しに、シュンとなる。

でも、お数珠の染みが消えた理由を、ハルは知りたい。そこをいち早くシゲノブが母に、数珠に起こった染みが消えた理由に、ハヤミのユキ兄の、関係をハッキリさせてほしいと、言った。

「また余計なことを」

と、母が疲れの色を見せた。

「いいわ、説明してあげる」

母が、座りなさいと言った。ご本尊の前では、敷布団の上で眠り続けるユキ兄を間に挟んで、寺のイチ兄が、見守る中を、父のつぶやきが、始まっていた。ハルは母の声に、気づいた。

「そうねェ」

少し考える母がハルとノブを見て、問いかける。

「光と闇、陽と陰と言って、分かる?」

ハルは、隣のノブを見ながら言った。

「うん、イチ兄から聞いてそれは知ってる」

「陰陽道の紋章にもなってる、巴《ともえ》だよな」

ノブが言って、母は困り顔をする。

「その程度なのよね、あんた達の理解力って」

ん、とハルとノブは、母を見て、「ヒドい」と言った。

「はいはい、二人共、ハモらないの。これだから双子は倍、疲れるわ」

「悪かったな。双子で」

と、シゲノブが言った。ハルは、そんなことより、話の続きが知りたい。ハルは母に聞いた。

「ねェ、それで陽と陰がどう関係してくるの」


ご本尊の前では、父のつぶやきが、続いている。ハルは、お祓いが気になる。でも、それ以上に、目の前の、母の話も気になるのだ。ハルは母に、尋ねた。

「ねェ、ユキ兄の力、て何。お数珠の染みが消えたことに、何か、関係があるの」

「何だよ、ユキ兄の力って」

横から青Tシャツのノブが、「何か知ってるのか」と言ったのだ。

「なに、て。そのう」

ハルは母の顔を見る。

「そうね、ハルは若君の滝行を、見てるのよね。森の様子はどうだった？」

母に聞かれてハルは、動物がユキ兄を見ていたこと、そして助けてくれたことを、話した。

「嘘だろう」

横からシゲノブが、ハルを小突きながら、言った。

「タヌキが杖を渡してカラスが草履を届けたなんて、そんな嘘、平気で言えるよな」

ああ！　と、歯痒い形相にせまるシゲノブを母の手が、「そこまでよ」と、止めてくれたのだ。青Tのノブの話に母が、「もうっ」と言った。

「ノブがハルの話を信じられないのは、仕方のないことなのよ。それが東のハヤミ家の、直系に伝わる〝力〟そのものなのだから。それを説明するなんてとても難しいのよ、とても一言では言い表せないわよ」

立ち上がる母がシゲノブに、呆れて、言った。

「墓の見回り、お願いね」

そして忙しく、姿を消した。

青Tのシゲノブが、「あとで詳しく教えろよ」と言った。

体育座りになるハルは、滝行での出来事を思い、恐いけど頼りになる兄のセイイチロウに話を、聞いてほしいと思う。イチ兄なら、何か、知っているかも知れない。そんな期待感にハルは、早く、お祓いを済ませてほしいと兄のセイイチロウを見る。

人差し指を口元にイチ兄が、さっきからブツブツと一人言を、つぶやいている。兄の集中力はすごい、脇目もふらずに自分の世界に入る。ハルは一人、広い本堂の片隅で、父の一人言のようなつぶやきを耳に、退屈してくる。墓の見回りに行こう。

ハルは交代に、シゲノブが呼びに来る前に本堂を抜け出《だ》して、寺の墓地に、向かった。

言霊を口に、ツガワセイイチロウは光の広がりを知る。通う塾の先生に、精神エネルギーだと教わり、その輝きを押さえ、強めていく。

始まりは、小三の冬の、お祓いだった。中一の時、ハヤミ家のお祖母さまの遺言を使命だと感じた。法力学の塾に通い、四年が経った。

〝ハヤミを、守れ〟

白い胸元の、ペンダントにセイイチロウは、強く育てた精神エネルギーを注ぎ込む。天然で、人込みに弱いハヤミ。乗り物酔い状態に苦しむハヤミを、見たくない。

セイイチロウは、ありったけの精神エネルギーを新しいペンダントに注ぎ込み、〝ハヤミを守れ〟と祈る思いですべてを出し尽くした。

「親父、〝鎮めの儀式〟を……」

一生分の思いを込めたセイイチロウは、全力疾走に一歩も、動けない。父の口から流れる言霊がとても気持ち良くて、セイイチロウは、床に横になり、身体の力を抜いた。父の口から流れる言霊は、ハヤミ家の初代当主が〝鎮めの儀式〟と共に、巻き物に残したものだ。

今は昔、世の中がまだ刀を振り回す時代の頃、甲冑を身に付けた十二名の武者達が台地の人里を訪れた。村外れに住む一人の娘が面倒を見て、それが今のハヤミ家になった。

ハヤミ家の神棚には今もなお、その十二名の武者達が六つの箱宮《はこみや》に、祀られている。本当かどうかは分からないが、実際に、寺に祀られたハヤミ家代々の墓石群を目《ま》の当たりにしては、かなわない。武家の流れを汲むハヤミ家。セイイチロウは、それでいいと思う。

「大丈夫か」

父の声にセイイチロウは、「ああ、何とか」と答える。

眠るハヤミを前に、父の手により、指書きの印章が額に施され〝鎮めの儀式〟が終わる。

「青、だな」

あまりにも素直に見えてしまった父の、精神エネルギーだった。

「ようやく見えるようになったのだな」

と父に言われて「まぁね」と答えるセイイチロウは、

「四年も塾に通い、それで見えなきゃただの、素人だ」

急激な、立ちくらみにバランスが取れずにセイイチロウはその場に、崩れた。

ふう、と父が、疲れを落とした。

「無理を、してくれるな。ワシの腰が抜けるところだ」

肩をポンポンと父に、うながされて、セイイチロウは、疲れて気分が悪い身体を、ハヤミの敷布団に横になる。

「何か、欲しいものはあるか」

と父に言われてセイイチロウは、気だるく、答えた。

「水が欲しい」


高校二年の夏休みは、ハヤミのお祓いに始まりセイイチロウは、墓地に出没する女の子の存在に寺を、離れられない。

オキノケイスケが電話に話した、白いカラスはすでに、町の噂になっている頃だろう。何事も起きなければいいと、セイイチロウは疲れに、体の力を抜いた。

ピクリと指が動いて目を開けるハヤミは、瞬《また》きに戻る視界の先に、升目の天井を見る。横に流して黄金の釈迦立像にハヤミは、寺の本堂を思い出《だ》す。体が怠い、まるで鉛を飲まされた気分だ。

ふと黒髪の塊にハヤミは、暖簾《のれん》を捲る手に、何だ、セイイチロウかと安心する。昔は、よくこうして頭を並べて、眠っていた。

体の気怠さに吸い込まれてハヤミは、夢を見る。

鼻にツンと香り付く、白梅の香りに誘われて、ハヤミは、歩く。白梅香の匂い。植物性の甘い油の香りにハヤミは、和服姿の写真を思う。

ただ一枚だけ存在する母の、白無垢姿の写真から同じ香りがした。


この先に母がいる。

母は、どんな人だろう。ハヤミは母を知らない。写真の母。母は、いません。それが母を知る、すべてだったのだ。

「ハヤミ！」

体の現実にハヤミは、目に映る白シャツのツガワセイイチロウを見る。升目の天井に黄金の釈迦立像。寺の本堂を思わせる中に、セイイチロウの不安な顔がある。

「お前、汗がすごいぞ」

セイイチロウに言われてハヤミは、肌を流れ落ちる汗を感じる。

「夢を、見てた」

ような？　変に白い感覚が残り、ハヤミは、セイイチロウに引かれて身を、起こした。セイイチロウは、寝呆け眼のハヤミに、コップの水を差し出《だ》す。

「とにかく今は、水を飲む。そんなに汗をかくほど暑かったのか」

困り顔のハヤミにセイイチロウは、ダメだと首を振る。

「タオル、持ってくるから、それを飲んでろ」

と言って、足元を返した。

少し、やりすぎたかな。セイイチロウは、脱水症を起こしたようなハヤミの異常な汗に、タオルを求めて足を進めた。ハヤミは、黄金のお釈迦さまを前に、コップの水を、飲む。自分がよく分からない。寺に、お祓いを受けに来て、滝の水に打たれた。そこから先が、よく分からない。

気づいたらここにいた。黄金像のお釈迦さまを前にハヤミは、コップの水をすべて、飲み干した。歩いた感覚はあるのになぜか、覚えていない。むず痒い感覚にハヤミは、お釈迦さまにペコリと頭を下げる。

「お世話になりました」

やはり、お釈迦さまの罰《ばつ》は受けたくない。中国神話の孫悟空の話は面白いけど、お釈迦さまは偉大な存在で、やはり、怒らせたくない。無人《むじん》の岩山に一人、閉じ込められたくないし、だから、お世話になりました。

「タオルだ」

セイイチロウは、そばに近づいてもまったく気づかない天然ハヤミの汗を、タオルに拭き上げる。

「うわっ」

頭を揺らされてハヤミは、ズンときた。

「ほら、背中に乗れ。片付けの邪魔なんだよ、お前は」

呆れな顔に布団を、片付けに、入る母とシゲノブに悪いとセイイチロウは、ハヤミを背負い、本堂の裏の、八畳間に向かう。

「ごめん、セイイチロウ。ありがとう」

軽く縋るハヤミにセイイチロウは、「いや」と言って、

「こっちは今、忙しいんだよ。お前と遊んでる時間がない、くらいにな」

と、少し笑える。

「だから気にするな。むしろ、サッサと着替えて早く、帰ってくれ」

たどり着いた八畳間にセイイチロウは、ハヤミを下ろして、着流しの腰紐を解く。が、めんどくさい。

「自分で着替えろ。オレは疲れた」

畳に腰を下ろしてセイイチロウは、フウと肩の力を抜いた。ハヤミは、白の着流しを床に落として、シャツを手に首から下がる〝お守りのペンダント〟が少し、キラキラと輝いて見える。

ま、いいか。知らない間にお祓いが、終わっていた。それが、目的だった。つまり、これ以上の長居は無用。サッサと着替えを済ませてハヤミは、腰を落としてセイイチロウの前に両手を突く。

「お世話になりました」

「ああ。親父は今、家屋の座敷にいるから」

ハヤミが脱いだ白の着流しを手に、セイイチロウは、

「忘れ物は、してくれるなよ。届けてくれなどオレは、絶対に断わるぞ」

と念を入れた。リュックを手にハヤミは、アハハと笑った。セイイチロウは、ハヤミの背中を押して、

「世話が焼ける」と言った。

本堂の回廊を奥に進み、

「ちょっと待て」

と、セイイチロウは手の着流しを、洗濯カゴに放った。

「行くぞ」

木目の階段を下りて、渡り廊下の、すのこ板を歩いた先が、家屋の縁側《えんがわ》につながる。

「こっちだ」

小ぢんまりとした緑の中庭を横目に、セイイチロウは座敷を前に足を止める。

「親父、起きてるか。ハヤミが帰るって」

「そうか。入ってもらってくれ」

何となくよそよそしい父は、茶色く年季の入った紐綴じの書物に目を、通していたようだ。

「入れよ」

と、セイイチロウに言われてハヤミは、

「お邪魔します」

と一礼に、和室に足を進める。

テーブルを前に膝を揃えて、両手を突いた。

「ああ、挨拶はいいから楽にしなさい」

寺の住職に言われてハヤミは少し、困る。

「あの、今日は本当に、お世話になりました」

ハヤミは、頭を下げる。

「急にお祓いをしていただいて。本当に運がなくて、呪われてるような気がして、そのう。今日は本当に、ありがとうございます」

一礼に、気持ちがスッキリしてハヤミは、くすぐったくてアハハハと笑っていた。

「そうか、それは良かった」

父の笑みにセイイチロウは、終わったと思う。ハヤミを前に、怒るに怒れない。昨夜は、あれほど〝早く言ってほしい〟とか〝二ヶ月も前から、何を考えている〟とか、散々に愚痴り通した父が、ハヤミを前に、通う高校の談話に花が咲く。

「そうか。学校の友人にもお祓いをと、のう。夏祭りに花火大会、海や山に今年はどのような計画を練っておるのかな」

「いえ、今年はちょっと遠慮して、自宅でのんびり過ごそうと思います」

ハヤミの言葉に〝のんびり〟と。セイイチロウは、明るい縁側の、隠居ジジイかと思う。鯉の餌やりに盆栽の枝を針金に固定して、プチンプチン。セイイチロウは、今ですら充分、ジジイだと思い、母が入れてくれた緑茶を一口、喉に通す。

「聞いたわよ、あなたが保護した白いカラス」

うわッと、セイイチロウは、母の〝白いカラス〟に、茶をこぼす、ところだ。ケホッケホッと咳をして、「悪い」と、セイイチロウは、畳の茶盆に湯呑みを、戻した。両親と、ハヤミの間に流れる白いカラスの話に、西の動物病院の話に飽きてくる。セイイチロウは、白いカラスの話は一度でたくさんだ。

「話に、水を差すようで悪いが、そろそろハヤミを解放してほしい。ハヤミも今日は疲れたろう、遅くなればマキさんが心配するし。そうだろう、親父、母さん」

そう言って、セイイチロウは、しゅんと静かになる両親をよそに、

「いいから、お前は早く家に帰れ」

ハヤミを引き寄せて縁側に連れ出す。

「こうでもしなきゃお前、一晩泊まって行く羽目になるぞ。その用意はすでに着替えを、持たされて来たようだがな。お前と遊んでる暇はないんだ」

ハヤミは、セイイチロウに言われて、リュックの中の、着替え一式の意味がようやく分かった気がする。

遊んでいる暇はない。本堂で、セイイチロウに起こされなければ寝ていたと思うし。座敷でのおしゃべりに楽しくて、ハヤミはつい長居をしてしまうところだった。

「そんなに忙しいのか。その、墓地に現れる女の子の話」

ハヤミに言われて、ムッと、腹が立つセイイチロウは、

「見回りに使われる前に早く帰れ。猫の手も借りたいくらいに忙しいんだ。分かったか」

呑気に突っ立つハヤミの背中を押して、セイイチロウは、何だかんだとようやくハヤミの靴にたどり着き、寺の境内を石段にと向かう。


すでに夕刻の西陽が広がる境内を呆れに歩き、参道の石段を下りる。

「今日は悪かったな、追い返すようで」

と言ってセイイチロウはハヤミに、告げる。

「何もなければ泊まってもいいけどな、墓に現れる女の子の目的が何も、分からない今の状態ではな。寺の事情に巻き込みたくない。それだけは分かってほしい」

「うん、そうだな」

ハヤミは、寺の事情に関しては、完全に、部外者である。

「悪かったな、セイイチロウ。素直に帰るよ」

自転車の防犯ロックを外すハヤミに、セイイチロウは〝馬〟を思う。戦後のしばらくまでハヤミの家に、馬がいた。ハヤミ家の裏門に当たる東の、家屋門の一角に、名残の馬屋が今も残っているのだ。

「気をつけて、帰れよ」

うんと複雑な顔のハヤミは、「じゃな」と、寺を離れ、自宅に、自転車を走らせる。

あの〝バカ〟と、踵《かかと》を返して石段を登るセイイチロウは、横道を奥に、寺の墓地にと急ぎ、足を速めた。

その頃、住職がいる住居の座敷では、古い書物を前に重い空気が流れる。奥方の頭《かぶり》が揺れた。

「時代錯誤な話よ。今の世の中、誰もそんなこと、思ってないわよ。あまり考えない方がいいわよ、頭《あたま》、禿《は》げるから」

ウギッと、ストレートな口調の奥方を見送り住職は、ハヤミ家の運命を書き記したような古書のページを、眺める。武家の流れをくむハヤミ家、息子のセイイチロウは話を半分しか知らない。

ハヤミ家の初代当主が書き記した日誌の一部に〝自然と共に生きよう〟そして、〝変事あらば身をもち証明いたそう〟とあるのだ。

ハヤミ家の始まり、寺に伝わる古文書には、女子供《おんなこども》、年寄りの多い農村での日常生活が描かれている。若き当主を含め十二名の武者の男手《おとこで》が、村を支《ささ》えていた。しかし、村男達の、やらなければやられる恐怖から、当主を含めて十二名の武者を殺してしまった。それをのがれた妻と子は、山に隠れ住んだ。それから村男達が過ちを認め謝罪するまでに十数年の時が流れた。

〝自然と共に生きよう。変事あらば身をもち証明いたそう〟

それからハヤミ家は代々、土地の神子《みこ》を務めてきた。

戦国の世の、出来事。寺の、住職が気になるのは、山での生活に悟りを開いたような、ハヤミ家初代の、〝変事あらば身をもち証明いたそう〟という下りだ。

緑色の数珠に入り込んだ邪気が、消えた。森のカラスが草履を届けてくれた。しかし、ハヤミの若君は、あまりに素直すぎる、何事もなければよいが……。

若君が保護したという白いカラス。町に流れる噂を胸に住職は、何事も起きてくれるなと重い腰を上げた。

寺の使命はただ、見守るだけだ。古書を片付ける住職は、若君の父親が、日本を離れた時点で、その任を解かれた。息子のセイイチロウとハヤミ家の若君は、これからなのだ。何事もなければそれでいいが……。

〝あるがままに生きろ、それが自然だ〟

日本を離れて、電話の一本も寄こさない〝アイツ〟に、連絡を入れてみるか。寺の住職は、やれやれと重い足を引きずりながら縁側を通り茶の間にと、向かう。腹へった。夕飯、まだかのう。

単にそれが、重い足取りの理由だった。


寺でお祓いを受けた翌日、和服のハヤミは庭の薔薇の木に、害虫駆除スプレーを掛ける。緑色のアブラムシは、天敵なのだ。

「うわーッ、まだいるう」

駆除スプレーを掛けるハヤミは、毛虫に爬《は》虫類、蛙が大の苦手だ。生物の授業でハヤミは、蛙の生体解剖に逃げ出し、クラスメイトのノートを丸写しに、したほどだ。後にも先にもハヤミは、モジャモジャな毛虫にヌルヌルな爬虫類がまったく、駄目なのである。

お縁に逃げ込むハヤミは、知らなかったのだ。薔薇の木にアブラムシがつくなど、知っていれば庭に差したり、しなかった。

「もう、知らない」

「よし」

気を取り直してハヤミは、害虫駆除のスプレー缶を手に薔薇の木に、戦いを挑む。今度こそ。ハヤミは薔薇の木に、スプレーの薬剤を掛ける。薬剤の霧が晴れてハヤミは、薔薇の木に緑色の物体を見る。

「もう」

庭のホース。これでも喰らえ、悪霊退散、南無妙法蓮華経……。

縁側に〝お茶〟を用意した家政婦のマキは、薔薇の木に水やりとは、珍しいと思う。庭に転がる緑色のスプレー缶に、マキは、慌てる。

「お止めください。アレルギーが出ます」

ハヤミは幼少の頃、毛虫に負けて赤く腫れ上がり、アレルギー反応を起こしていた。

「私がやりますので、手を、お離しください」

マキさんに強く、止められて、ハヤミはホースの手を緩めて、ようやくその手を離した。

少し離れてハヤミは、アーチを描くホースの水を見る。昼下がりの陽差しに、小さな、虹が掛かる。

「あの、マキさん。薔薇の、アブラムシを退治してほしい」

笑みのマキさんが、答える。

「分かっております。お三時を、どうぞ」

ハヤミは、何となく違う気がする。お縁に腰を下ろしてハヤミは、緑茶を手にする。庭の水やりが楽しそうなマキさんを見る。夏場の暑いこの時期は、芝生が茶色に変色するほど庭が乾いてしまう。自動ポンプに汲み上げる地下水を庭に、撒いてあげるのだ。

水のミストが、気持ちいい。瞬く間に過ぎた、この一週間を思い、ハヤミは、獣医の先生からの電話がまだないと、気になる。どうしたのだろう。白いカラスに遭遇して、（木金土日月火水と）木曜の今日で一週間になる。白いカラスの容態が、落ち着いてないのだろうか。

全身打撲に翼の複雑骨折。あと、鳥にしては多すぎた、大量の出血。ハヤミは、止血に使った学校のシャツに、白いカラスを運んだリュックがどうなったのか、知らない。こちらから電話をかけるべきだろうか。

いや、と、ハヤミは、獣医の先生に催促をするようで電話が、かけられない。

〝よろしくお願いします〟と、先生を頼りに預けた以上、ハヤミは、待つしかないのだ。

森の動物は、ペットにはできない。あの白いカラスが今後、どうなってしまうのか、気になりだしたら止まらない。

ハヤミは、思い切って電話をかけてみようかと思い、イヤイヤと獣医の先生に、失礼だと思い直す。

あの白いカラスを、助けたい。

ハヤミは山裾の林道で自転車を停めたあの時、誰かに呼ばれたような気がする。行かなければ、と、そんな気がしたのだ。リンリンリリリンとメロディに家の電話が、鳴ってる。ハヤミは庭履きを脱ぎ捨てて、はいはいと表の八畳を通り、玄関フロアの壁の、電話の子機を手にした。

「はい、もしもし」

電話の奥から返る女の人の声が、町の動物病院からだと告げた。

「はい、いつもお世話になっております」

言ってハヤミは、落ち着きのある女性の声に、受付のお姉さんを思う。どことなく呆れたような、少し迷惑そうに、病院の受付で、自分の仕事を続けた、お姉さんである。

そのお姉さんが電話に、今日の夜、白いカラスの修復手術を行う、と言うのだ。

「それで明日一度、病院まで来てください。手術の立ち会いは結構です、獣医が責任を持って手術を行いますので。——術後の経過に今後について、先生の方から、お話があるそうなので、明日一度、そちらのご都合の良い時間帯で構わないので病院までお越しください」

言われてハヤミは、明日病院までと、何となく理解して、答えた。

「はい、必ず伺います」

短い挨拶を交わして電話が、切れた。三分とかからない、とても短い電話だった。しかし、その電話の内容はとても濃くて、ハヤミはマキさんの、姿を探す。

庭に目を向けるハヤミは、ホースのずっと先の、奥の松の木に水をあげるマキさんを見る。確か、今週末は雨が降るとハヤミは、マキさんから山小屋の掃除を来週にしてほしいと、今朝、言われたばかりだった。

ま、いいか。夏休みに入る前からこの十日間ほど、ほとんど雨が降っていないのだ。ふと薔薇の木を、注意に眺めるハヤミは、いたはずの緑色の、アブラムシをどこにも、見つけられずにホッとする。良かった。虫に喰べられては、可哀相だからね。と、満足して、ハヤミは庭の、緑色のスプレー缶を手に、ホイホイと片付ける。

元の場所に戻してハヤミは、庭の奥にいるマキさんを目指して草履に、タタタッと走る。

「マキさん」

紅葉の木を前に、ハヤミは、息をついた。

「あのね、マキさん」


ハヤミは、先ほど連絡に入った電話の内容を、マキさんに打ち明けた。そして尋ねる。

「それでマキさん。明日、動物病院にはいつ頃、顔を出せばいいと思う」

都合のいい時間帯と言われて、ハヤミは、困ってしまう。逆に、何時頃来てくださいと時間を指定される方が、いくらかは気が楽だ。

「そうですね」

とマキさんが、少し考える。

「午前中は、お勉強ですので、午後が、よろしいかと思います」

ハヤミは、やっぱりと思う。

〝お勉強は涼しい午前中にしなさい〟

お祖母さまに言われて、何となく、身に付いた習慣だった。午後は昼寝をしたり庭の手入れをしたり、友人と思いっきり遊んだりと、わりに時間を自由に使えるのだ。午前中、頑張ったご褒美のような休日の過ごし方にハヤミは、身体が慣れて、今ではすごく気に入っている。

「明日の昼過ぎに、町の動物病院に顔を出してくる」

ハヤミは、動物病院というキーワードに、

「あっ」と、オキノケイスケを思い出《だ》す。動物病院の近くに住むオキノケイスケに、ハヤミは、マキさんの胡麻豆腐を届けるという約束をしていた。

「はい、胡麻豆腐を六人分ですね。明日の昼には用意できると思います。後、病院の方にお借り頂いたTシャツも、用意いたしますので、お忘れなく、お届けになられてください」

胡麻豆腐にTシャツ。

「うん、分かった。ありがとう、マキさん」

母屋に戻るハヤミは、電話、電話とオキノケイスケに、携帯で電話連絡を、入れる。一応ケイスケに、家の都合を聞いておく必要が、あったからだ。

「うん、明日の昼過ぎにな、どうかなと思って。届けるだけだし、誰か家にいてくれればそれでいいよ。すれ違いが一番、困るからな」

「お前なぁ。オレのことはどうでもいいのか」

電話のケイスケの声に、ハヤミは、アハハハと笑えた。

「別にケイスケの家に、遊びに行くつもりはないよ。動物病院に行くついでに立ち寄るだけだ。それとも何か、あるのか。心配事があるとか都合が悪いとか。日時をずらそうか、今ならまだ、間に合うと思うし」

ハヤミは視線に、庭にいると思うマキさんの姿を探す。

「イヤ、それでいいよ、明日の昼過ぎで」

疲れたような吐息をこぼした。ハヤミは、まぁいいや、と思う。あまり突っ込んだ話は、したくないのだ。

「それじゃ明日、マキさんの胡麻豆腐を届けに立ち寄るから、よろしく」

「ああ、分かった」

ハヤミは、携帯のケイスケに、

「じゃな」と言った。

「ああ、じゃな」

呆れたようなケイスケの声を最後にハヤミは、携帯の通話を切った。

「マキさん」

明日の予定が決まったハヤミは、庭の、洋服の人物に、ギクッとする。

西の洋館の、イケガミシノブである。町の、反対側に住む西のイケガミシノブが、なぜ、ここにいる。

次期当主の、学生のシノブがなぜ、ここに。

百八十は超える長身のシノブが、言った。

「元気そうだな」

関わりたくない。

西のシノブが小学校を卒業して、ハヤミは、町の小学校に途中編入したのだ。

「逃げるのか」

シノブに言われてハヤミは「そうじゃない」と答える。

「マキさんに用があるんだ」

ハヤミは、人をからかいに来たとしか思えないシノブに嫌気が差す。充分に、考えられる事態だった。

西の動物病院に白いカラスを預けて、近所のケイスケが電話をかけてきた。西のシノブの耳に噂が届くのも、時間の問題だったのだ。

「マキさん、なぜアイツを入れたの。感じ悪い」

肌に合わない。そのすべてが真逆なのだ。

「すみません。気づいた時にはもう、庭に入られていて、私には、どうすることも」

小さく肩を落とすマキさんが、

「すみません」

一礼に庭のホースを、片付ける。マキさんが悪いワケじゃない。イケガミシノブが土足に、図々しいのだ。

ハッキリ言ってハヤミ家とは何の関係もない。お祖母さまの話では百年近く前に、市の電鉄を背景にシンメトリーな洋館が出現した。市内にメンテナンスビルに所有のマンションをいくつも持つ、いわゆる不動産業で成功を収めた余所者《よそ》。町に移り住んだ、強欲者だ。

「そう逃げるなよ、わざわざ足を運んでやったオレに、挨拶の一つもなしか」

「当たり前だ、さっさと帰れ」

ハヤミは、困り顔を見せるイケガミシノブが手を、出せないと知っている。肌に合わない。何を考えているのかシノブは、〝得体の知れないもの〟なのだ。

「ニャーノ」

ハヤミの足元に、白いオス猫がスリ、スリッと頭を擦りつけて、甘えてくる。どうやらハヤミに、遊んでほしいようだ。

「フゥーッ」

腕に抱き上げた猫が威嚇《いかく》に、体を、怒《いか》らせている。異質なるもの、イケガミシノブ。ハヤミは低い声で言った。

「帰れ。ここはお前が来る場所ではない。潔く立ち去れ」

シノブはチッと、踵《かかと》を返した。

風が冷たい。真夏だというのになぜか、居心地が悪くなる。

地元有史のハヤミ家。シノブは、町の連中が一目置く理由が知りたい。秋祭りの時、神子《みこ》を務めるハヤミは目を、覆い隠す。そこにあるものを見たくない。シノブにはそう、受け取れるのだ。上に位置する東の、家屋門を出たところでシノブは、身震いが体を、襲うほどの北風を感じた。

夏だというのに気味が悪い。

〝ハヤミ家には手を出すな〟

頑固な父に殴り倒されようと、シノブは、ハヤミカズマサ・ナオユキが欲しい。

待機させておいた家の車にシノブは、身体を乗り込ませる。手に入らないものほど欲しくなる。

「出してくれ」

太陽は、東から昇り、町を照らして、西に沈む。東の太陽がハヤミ家なら、西の洋館に住むイケガミ一族は、月のようだと。いつの頃からとなく噂を、立てられるようになった。

ハヤミが保護したという白いカラス。その話を耳にシノブは、和解の糸口を探ろうと思ったのだが、またしても、失敗してしまった。なぜ、アイツはオレを嫌う。オレが何をしたというのだ。

ハヤミカズマサ・ナオユキ。必ずオレが貴様を手に入れる。首を洗って待っていろ。

「ニャーノ」

白いオス猫のタマを相手にハヤミは、ゾクリと背に、冷たいものを感じた。気のせいかな。

「ニャーノ」

トンと前足を手に、白猫のタマが遊んでと誘うのだ。ハヤミは気晴らしを兼ねて、白猫のタマと戯《じゃ》れ合っていた。カポッと甘噛みに猫がハヤミの手を、舌にザラザラとなめる。まるで水をなめるように。

「何だお前、喉が渇いたのか」

「ニャーノ」

大きな瞳に見つめる猫が、トンと、ハヤミの肩に乗ったのだ。初めての行動にハヤミは、あははと笑える。ただの、通りすがりの猫にハヤミは、すっかり助けられてしまった。

洗面台で手を、洗い終えてハヤミは、プラスチックの皿に水を入れて、床に置く。トンと降りた猫が、皿の水を鼻先に、クンクン。ピンク色の小さな舌に、チョビチョビと水を、なめ始める。本当に、変わった猫だ。

そういえば、セイイチロウが猫の手も、借りたいと、言ってたなぁと。ほれ、猫の手。と、差し出したら、怒るだろうなぁ、やっぱり。

クスッと思いながら、ハヤミは白猫を、寺には連れて行けないと思う。飼い主から遠く離れては、それこそ迷い猫になってしまうのだ。猫の首輪に光るタグに、サトウのタマ、の名前がある。

「ニャーノ」

いなくなれば、それこそ飼い主のサトウさんが、心配する。縁側に白猫を下ろしてハヤミは、明るく告げる。

「ありがとう。今日は助かったよ」

と、バイバイと、見送る。トンと庭に下りた猫が大きな瞳に見上げて、

「ニャーノ」

と鳴いた。


庭をガサゴソと、裏の東門に向かう猫はまるで〝がんばれよ〟と声援を、送ってくれたようだ。実際には何を言ったのか、分からない。気持ちが伝わってきた。何となくハヤミは、そんな気がしたのである。

足を進めるハヤミは裏の、茶の間の月間カレンダーに明日の予定を、書き入れて。めくる八月のカレンダーを、見る。修正に、消した跡が白く目立つカレンダーに、お盆入りの十三日からの四日間を思い、ハヤミは、気が重くなる。

八月盆の四日間に、親族や遠縁の者達が、お盆の挨拶に来るのだ。ハヤミはその一人一人に挨拶を返して、食事を勧める。形だけのしきたりとはいえ家中に、入り乱れて立ち替わりにやって来る大人を相手に、しなければならない。その、堅苦しいイベントが三週間後に、迫っている。

「お茶を、どうぞ」

マキさんに言われてハヤミは、テーブルの湯呑みを手に、緑茶を一口、喉に通す。温かな緑茶が体の中心を通りハヤミは、この先の予定を思う。明日はケイスケの家に立ち寄り、動物病院に顔を出す。来週は山小屋の掃除が控えているし、お盆を前の一週間は、その準備に追われて他に手が、回らなくなる。今、できることを先に、済ませておこう。

「あの」

と、茶の間に正座のマキさんが、落ち着けなく、首を振る。

「先ほどは、申し訳ありません」

と頭を下げたのだ。

「何で」

そも突然なマキさんの行動にハヤミは、何事かと思う。

「どうしたの」

と、困るマキさんを前に膝を揃えて、チョコンと座る。マキさんが謝るようなこと、あったかな。

「ん、もしかしてマキさん、イケガミシノブのこと、気にしてるの」

ビクッとするマキさんが、「申し訳ございません」と、頭を下げたのだ。

家の庭に突然、現れたイケガミシノブ。ハヤミは、めんどくさいと思う。

「別に、気にしてないよ。あの時は少し、腹が立って、あんなこと、言ったけど」

ハヤミは愚かにも、マキさんに、八つ当たりをしたのだ。

「マキさんは何も悪くないよ。アイツが非常識なんだよ。理由もなく突然やってくる。人をからかいに来たとしか思えないあの顔。ああ、もう、肌に合わないって何でアイツ、それが分からないんだ」

指先が、ピリピリする。全身がムカムカする。シノブの首をつかみ〝てめェ〟と絞めて、やりたくなる。でも、そんなことをすれば、ただの、犯罪者だ。

「とにかく、シノブのことは放っておいていいよ。そのうち分かると思うし。それで分からなきゃ、ただの、バカだ」

背を向けてハヤミは、ツガワセイイチロウを思い出して、少し、くすぐったくなる。

〝ただのバカだ〟

それはセイイチロウの口癖、だったからだ。


隅の階段を、登って行かれる若君を見送り、マキは、肩の力を抜いた。

肌に合わない。

四年前に他界なされた奥さまも、今は亡き若奥さまに同じ言葉をつぶやいておられた。

〝歩み寄りたい気持ちはある。しかしあの違和感だけは馴染めない。放っておくに限る。互いに無視しておれば何事もない。そのうち肌に合わないと気づく。流れに任せれば良い〟

若奥さまの手を取られて奥さまは、お腹のお孫さまのご誕生を楽しみにしておられた。

マキは、奥の神棚に並ぶ、六つの箱宮を前に、合掌に祈る。

素直な若君さまを、お守りください。


若君の声にマキは、「はい」と、カーテンを戻して茶の間にドキッとする。すぐ目の前に、お顔があったからだ。

「マキさん」

ハヤミは、驚くマキさんに、「水差しを二階に持ってきて」と頼む。

それにと、ハヤミは、ちょっぴり気にして、伝える。

「そこじゃなくて玄関の前にいるよ、甲冑を身に付けた、お侍さん」

家の守り神に満足してハヤミは、階段をトントンと上がっていった。


マキは、ハヤミ家のご先祖様を思い、手を合わせて南無妙法蓮華経……。

疲れて息を吐いた。素直な若君は、思いをすぐ口になさる。もう少し落ち着かれて、高校生らしく、立ち振るまわれてほしいと、マキは思うのだった。

「マキさん、お水」

「はい、ただ今」

提げる茶盆を手に、マキは、お水を求められる若君の〝お祓い〟がうまく、いかなかったのだろうかと、不安になる。

トレーに用意した水差しを、マキは、二階の若君の、勉強部屋に届ける。畳に置かれた空《から》の水差しを目に、トレーを入れ替える。マキは、机に向かわれる背中に、無言の一礼に、空の水差しを手に静かに身を引く。

何も変わらない。マキは、身の回りのお世話をして、若君の夕食後の、お守りの話に、微笑ましく思う。

「さようにございますか」

「うん、見てみる」

首から外された若君の手が、キラキラと輝くお守りのペンダントをマキの手に置かれた。それはまるで光に揺れる〝万華鏡〟のように、吸い込まれて、天体の銀河宇宙をライブにのぞき見る、気分だ。

マキは声が、出なかった。不思議な感覚にマキは、若君の手に、お守りをお返しする。

「まるで十五夜の、満月のようです」

魅惑な余韻にマキは、命の鼓動を感じた。ハヤミは煌めくペンダントに、「なるほど、満月か」と感心したように答えた。

「案外、ロマンチストだね、マキさん。初めて知ったよ」

満足してハヤミは、ペンダントを胸元に揺らして、お風呂に向かう。マキは首を横に振った。目蓋の奥が煌めいて、落ち着けない。あれは若君をお守りする、ただ一つの護符なのだ。自分に言い聞かせて、マキは、下げる食器を手に、台所に戻る。ガステーブルの鍋がようやく冷めて、マキは、小さな六つの容器に静かに、胡麻のエキスを注ぎ入れる。あとはそれを冷蔵庫に冷やし、固めるのだ。

さて、とマキは、台所の片付けに入る。ＢＧＭに小さく流れるラジオの音が、時報に、夜の七時を告げた。

「こちらも、お持ちください」

ケイスケとの約束にハヤミは、マキさんから獣医の先生にと、予定外の品を持たされる。ま、いいか。

「行ってきます」

玄関のマキさんに告げてハヤミは、自転車のペダルを漕ぐ。町の中央を通りハヤミは、西のオキノケイスケの家を、目指す。町の中学校を卒業してハヤミは、高校二年になり久しぶりにケイスケの家を訪ねるのだ。変わってるかな。ケイスケは、どんな顔をするだろうか。一年半ぶりに近づくケイスケの自宅を目にハヤミは、自転車を止めた。二階建て四ＬＤＫの、一般的な住宅の表札に〝沖野〟と、確認してハヤミは、その玄関の前に自転車を押して、スタンドに停めた。

なぜか妙に、緊張する。玄関横の、呼び鈴のボタンを押す。

〝ピンポーン〟

外まで響いてくる呼び鈴に、人の足音がドタドタと、響く。ドアノブが、ガチャッと開いて、少し、くすぐったそうなケイスケが「やぁ」と、言った。少しシャープに整う顔の印象が、ぎこちなく、一瞬の間を、作ったようだ。

「ご所望の品を、届けに来た」

マキさんの胡麻豆腐が入った、保冷バッグを、ケイスケに差し出した。顔を緩やかに綻ばせるケイスケが、

「サンキュな」

と言った。用事は済んだようだ。

「じゃな、ケイスケ」

「待て待て」

ケイスケの腕に引き止められた。

ハヤミは、動物病院に行くついでに、立ち寄ったのだ。

「オレも行く、少し待ってろ」

そう言って、ケイスケが家の中に、姿を消した。

何を、やってるのだろう。夏の陽差しを避けてハヤミは、家の陰に入る。近隣に家屋が立ち並ぶ、ご近所な住宅地だ。町の小学校、中学校に通っていた頃は、この辺りまで遊びに来ていた。高校生になりハヤミは、昨年の一年を含めて西側を訪れたのは、これで三度目の指に数える程度だ。オキノケイスケの顔に違和感を覚えて、無理もないだろう。

寺の、セイイチロウとは、年に数回は会っている。しかし西のオキノケイスケには顔を合わせる機会

る。

友人を、思い出したのだ。その時の約束に、マキさんの胡麻豆腐を届けて家の、玄関先で待たされてい
見事にマキさんのお世話になった。しかしケイスケの電話にハヤミは、それまで忘れていた中学の頃の
一学期最後の前日に、ケイスケから電話が入った。ほとんど真夜中の電話に疲れてハヤミは、翌日、
もなく、すでに、忘れていた。

玄関の扉が開いて、視線にケイスケが、喜びに告げた。

「悪いな、待たせて」と、顔を引っ込めた。戸口の、玄関で靴を履くケイスケの背後に、現れた〝お婆ちゃん〟を見る。

どうも。

ニコニコと物腰の和らかな、お婆ちゃんだ。

「もう、何度言ったら分かるんだ」

と声を荒げるケイスケが靴を脱ぎ、お婆ちゃんの身体を反転させて奥に、連れて行く。

「挨拶なんかいいから早く奥に行く」

どうしたのだろう。仕方なくハヤミは、真夏の玄関先で、待たされる。

「兄ちゃん、アイス、絶対だからね」

ケイスケの弟くんの、声がして、ハヤミは、玄関の白いケイスケの背中を見る。

「分かったから、ちゃんと面倒見てろよ。じゃな」

振り向き、わっと驚くケイスケが、「びっくりさせるな」と、言った。

うん、と思いハヤミは、玄関に立つ、物欲しそうな顔の、弟のヨシヒロくんにバイバイと、言った。

ヨシヒロくんには週一の、通うスイミングスクールのバスで、顔を、合わせるからだ。

ガシャガシャと奥のガレージから自転車を引き出すケイスケを見て、ハヤミは、乗ってきた自分の自転車を押して住宅の、路地に出る。そこに、一歩遅れてオキノケイスケが、夏の陽差しに自転車を押して、現れたのだ。

「何か、無理してないか」

横に並ぶケイスケが、「気にするな」と、言った。そう。すでに久しく、中学を卒業して以来になるケイスケは、越えられない垣根を思わせる。土足に踏み込むな。という感じに、隣で自転車を押すハヤミは、つまらなく感じる。

「どうしたケイスケ、何か話、ないのか」

ハヤミは、高校の話でも何でもいい。何か雑談でもしてなきゃハヤミは、ケイスケと歩く意味がないと思うのだ。

「話があるからオレを止めた、はずだろう」

「分かったよ」

と、オキノケイスケが、答える。

「お前、身長、いくつだ」

と、もどかしそうな顔で、つぶやいた。

「中学の頃はオレより身長、低かったはずだろう。誤魔化さずに今の身長、教えろよ」

高校に入ってハヤミは、不思議に身長が伸び始めた。

「百六十五だ」

「よし、勝った」

ケイスケが嬉しそうに言う。

「いやぁ良かった。中学の頃は断然に、低かったお前がほとんど変わらない目線で現れるからな。ドキドキしたよ、本当に」

ケイスケがアハハハと笑ったのだ。

フム、と思い、ハヤミは、首を振る。一年以上も経つのだ。

「それで、お前は身長、いくつなんだ。ほとんど変わらないと思うがお前は身長、いくつだ」

ハヤミは、はぐらかすケイスケに、じれる。

「誤魔化さずに教えろよ、ケイスケ。オレにばかり聞いて一人で納得して、気味が悪い」

「そう拗ねるなって」

と、ケイスケは少し考える。

「二センチ違いだ」

たかが二センチ、されど二センチだと、ケイスケは、細かいところを気にする。

「ハヤミがオレと同じ百六十七になる頃、オレは、百七十一か百七十二だな」

ハヤミは、そういうことにしておこうと思う。ハヤミは自分にセイイチロウ、ケイスケがほとんど似た身長だと、大雑把に思う。一年後、二年後の先の話などハヤミは、興味がないのだ。

ハヤミは住宅地の角を曲がり、動物病院が建つ町の主要道を目指して、歩く。

「なぁハヤミ」

ケイスケが、軽く話しかけてきた。

「学校はどうだ、わりと自由にできる高校だと聞いていたが、友達は、できたのか」

ハヤミは、通う高校を思い、喜びを感じる。

「まぁ楽しくやってるよ。友達も増えた」

「ふうーん、まるで変わらないな。身長は伸びたが中身は中学のまま、て感じだ。いやー良かったよかった。あはははは」

と笑った。

ハヤミは、そんなケイスケが、さっきから何を、気にしているのか気にはなるが、暫く、放っておこうと思う。数日前の就寝時に、ケイスケから掛けてきた電話を思い、ハヤミは、歯切れの悪い社交辞令のような会話を、続けた。

まあ、それも仕方がないと思う。

「本当にあれから一年以上も、会う機会がなかったからな。驚くぞ」

「まったくだ」

と、漸く砕けたケイスケが素直な顔を、見せる。

「会わない間に変わる奴も居るからな。明るかった奴が根暗になってたり、何となくギクシャクして、しまうんだよ、これが」

なるほど。それでかと思いハヤミは、尋ねる。

「つまり中学の頃のイメージが強くて、そのギャップに、ついていけない。て、ことなのか」

「まぁな。お前も会ってみれば分かるよ。特に、同じクラスだった女子の変わりようには、驚くぞ。化粧はしてるわ、髪を染めてるわで、妙に生々しくて昨年の夏休み、夏祭りの会場でオレ、自分が何をしたのか分からないくらい焦ったぞ」

と、ケイスケが言った。

「夏祭りか」

ハヤミは、去年の夏休みは高校の友人と過ごして、町の夏祭りには、参加できなかったのだ。あははは。

「たくう、そんなことだろうと思ったよ。寺のツガワセイイチロウなんか、無口に始終機嫌《きげん》悪かったしよ。ぶすっとしたままで、ずーっとスマホ、眺めてたし。人の話、まったく聞いてないし、いつの間にかいなくなるしさ」

と言ってケイスケが、続けて言った。

「去年の夏は散々な目に会ったよ。結局、オレって貧乏クジ、引きやすいんだよな。頼まれれば断われないし。何かこう、放って置けない、感じになる。んだな、これが」

ハヤミは、知らなかったケイスケの話に、セイイチロウだな、と思う。

常にマナーモードか携帯電話の電源を、切る癖がついているハヤミは、自宅の電話に、連絡が入る。家政婦のマキさんがセイイチロウに連絡を取り、相談をする。そしてツガワセイイチロウがハヤミの前に現れて、予定を聞くと、毎回、このパターンなのである。

「なぁハヤミ」

たどり着いた動物病院の前で、自転車を停めるハヤミに、ケイスケが話しづらそうだ。

「何だ」

「お前さ、ツガワとはどうなってるんだ」

ケイスケが、言いにくそうに聞いてくる。

「昨日、お前が電話をかけてくる前にアイツ、オレに電話をかけてきてさ、しばらくオレに預けるとか何とか、言ってたし。その後にお前が電話をかけてくるし、オレの頭ン中、思いっきり混乱したぞ。オレのことはどうでもいいのか、とな」

と言ってケイスケが、ハヤミに告げる。

「いったい全体、どうなってるんだ。アイツとケンカでも、ンなワケないか。ケンカしてる相手を電話に頼む奴なんか、いないからな」

と言って首を振り、「さっぱり分からん」と言った。
ン、とハヤミは、ケイスケに、答えた。
「オレなら一人で大丈夫だ。今年の夏は家でおとなしくしてるし。何も起こらないよ」

ハヤミは、動物病院の扉を入る。今日の予定は、こっちが本命だった。

病院の受付でハヤミは、昨日の電話の内容を、復唱する。受付のお姉さんがハヤミを見て、

「お待ちください」

と言った。

「何、めんどくさいこと、してるんだよ。直接、行きゃいいだろう」

奥に進むケイスケをハヤミは、「ルールだ」と、止める。

「いくら顔馴じみのよしみでも、順番を守る。それが社会のルールだ」

ハヤミは、めんどくさいと言うケイスケを引き止めて、動物病院の待合椅子に腰を下ろす。仕方なさそうに座るケイスケが、「どうなってるんだ」と言った。ハヤミは、如何《どう》なるも斯うなるも、

「何がだ。さっきからいったい何の話をしている」

と、困惑顔のケイスケに少し呆《あき》れる。

「セイイチロウが何を考えているのか、など変な話は断わる。オレにもさっぱり分からない」

と言って、軽く説明をする。

「ただアイツは今、寺に籠もりきりだ。何も分からず墓地に出没するという女の子のことで手が、離せ

いだからな」

ないらしい。間違ってもオレは、何の関係もない。寺の事情に巻き込みたくないと、追い返されたくら

中間的な立場に立たされて、疲れてくる。

「セイイチロウが気になるなら、寺に直接、行けばいいだろう。何を迷ってるんだ」

疲れ目にケイスケが、「相変わらずハッキリ言うな」と、言った。

ハヤミは、言いすぎたと思いながら、「何があった」とケイスケに話を聞く。見たところ、ケイスケは吐息に目を動かして、顔を逸らした。それはまるで、言いたいが話せない。と、そんな態度をされてはハヤミは、黙るしかない。

「オレで良ければ、いつでも話、聞くよ」

言いながらハヤミは、待合室に置かれた週刊誌を、手にする。パラパラとページを風に送るハヤミは、クロスワードパズルに週刊誌のページを開いた。暇つぶしにはパズルがいい。パズルゲームなら何でもいい。二次元のペーパーパズルに立体パズル。謎を解くその道筋が複雑に絡むほど、〝あ、なるほど〟と、おもしろいのだ。

ん、間違えたかな。升目のAからEに入る五文字が、合わないのだ。縦のカギに横のカギをクロスワードパズルの升目にはめながら、ハヤミはAからEに入る五文字を、探す。

「なつやすみ、よ」

五文字の言葉にハヤミは、クロスワードパズルがアッサリと、解けたのだ。

「ありがとうございます」

顔を上げてハヤミは目の前の、獣医の奥さんに「うわっ」と驚いた。

「オホホホホ。気づいてくれたところで、奥に、来てくれるかしら、ハヤミ君」

誘われてハヤミは、「はぁ、はい」と、腰を上げた。奥に続く廊下でケイスケが、

「夢中になるとお前、周りに目が行かないからな」

ハヤミの腕を取り、「こっちだ」と言った。

「何をしに来た」

ケイスケと獣医の先生は、近所のよしみで、親戚筋の、オジさんとオイの関係でもある。

「白いカラスの見舞いに、ハヤミの付き添いだ、何か文句あるか」

ケイスケが胸をはり言った。

行く手を遮《さえぎ》る獣医の先生が、

「その態度が気に入らんのだ」

と言って、ケイスケの体を反転させる。

「何だよ」

「待合室で待ってろと言ってるんだ」

とか何とか。懐かしいやり取りを目にハヤミは、獣医の奥さんに呼ばれて奥に、入る。

「こっちよ」

の声にハヤミは、病院の処置室の奥の、ケージが壁いっぱいに並ぶ、部屋に入る。ケージの一つ一つに猫や犬、鳥に兎《うさぎ》の姿がある。微《かす》かな呼吸に体が静かに動き、眠っているように見える。トンと背中に手を置かれてハヤミは、獣医の奥さんに、

「邪魔をしないでね、こっちよ」

と、言われてしまった。

「先生、あの」

タイルの床を歩き、ハヤミは、リュックの中身を手にする。

「お借りしたTシャツです。ありがとうございます」

ビニールに入ったシャツを、差し出した。

「あらま、Tシャツをクリーニングしたの」

ハヤミはよく、分からない。ハヤミは、マキさんに持たされた紙袋を、差し出す。

「ドラ焼きだそうです。家の者が顔も出せずにと、持たせてくれました」

「あら、マキさんの手作りかしら」

奥さんの笑みに、ハヤミは、「はい」と答えた。

そしてハヤミは、申し訳なく言った。

「すみません、遅れてこんな場所で」

と受け取ってくれた獣医の奥さんに、お詫びの会釈を送ったのだ。

「いいのよ、気にしないで。少し待っててね」

と、言ってはくれたもののハヤミは、失礼をしてしまったのだ。

しかし、待合室では人の目があるし、ケイスケが途中までついて来るし。仕方がなかったといえば聞こえがいいかも知れない。

「ハヤミっ」

ケイスケが勢いよく現れて、「なぜ黙ってた、マキさんのドラ焼きを」と言った。

気を、利かせたつもりのハヤミの行動が、泡と消える。あはははは。

今度はマキさんのドラ焼きを、届けるのか。ハヤミは、楽しみにするケイスケをよそに、マキさんにどう話そうかと悩む。

「お待たせ、ハヤミ君。あらケイちゃん、まだいたの」

ケイちゃんとは、ケイスケの愛称である。

「あのね、オレもう高校二年だよ。ケイちゃんは勘弁してくれよ、恥ずかしい」

近所のよしみ、というよりは親族のオバさんの口からよく出る〝ちゃん〟付けである。

「オホホホホ。私がお嫁に来た頃はまだ、オネショして小学校に通ってたケイちゃんが何、言ってるのよ。ほんと、可愛《かわい》いわ、赤くなるなんて。オホホーのホウ」

「オバちゃん、それは止めろって。三十七にもなって恥ずかしくないのか。たくう、すぐオレをからかう」

とケイスケがむくれる。

「それより仕事しろよ、仕事を。何のために獣医師免許、持ってるんだよ、もう」

ハヤミは、ケイスケと獣医の奥さんの話に入っていけずに、静かに、終わりを待つ。よくあるのだ。首を突っ込まずにおとなしく待っていれば、いずれ、話は終わる。

「ごめんなさいね、ハヤミ君。あ、ケイちゃん、悪戯は駄目よ、叱られたくないでしょう、あの人に」

「分かってるよ。それより仕事しろよ、ハヤミが困ってるだろう」

ケイスケはただ、見てるだけだと言った。

「本当かしら」

と獣医の奥さんが優しく笑った。

釣り好きな、山猿でやんちゃなケイスケを思えば無理もない。

ハヤミは、指示される床のケージを前に小さく、しゃがむ。ケージの奥にバレーボールのような、物体がある。よく見るとそれは、白い嘴を翼の下に置いてグッタリと眠る、鳥の姿だった。

白いカラスだ。

実際に目にしてハヤミは、黒が一般的なカラスのイメージに反して、まだ信じられない。

「心配はないわ、疲れて眠ってるだけだから」

と獣医の奥さんが、胸元のペンを取り、ノックを押した。

「ごめんなさいね、こんな隅っこで。ちょっとストレスの症状があって、この場所に、移したのよね。

野生の動物ってほら、警戒心が強くてすぐ逃げようとするじゃない。それでちょっと馴れてくれるまでに時間が、かかっちゃったのよね」

ニコッと笑みに手元の紙をめくる、獣医の奥さんにハヤミは、預けて一週間かかった理由がやっと、分かった気がする。

珍種の白いカラス。ケージの奥で静かに眠る鳥は、町の獣医さんですら手を焼く野生の動物なのである。

ん？　とハヤミは、同じ白だと思った鳥の下に、布地《ぬのじ》が見えるのだ。

「あの、鳥を預けた時、止血に使ったシャツは、もしかして、〝アレ〟でしょうか」

白い布地を指差した。

「あら、気づいちゃった」

獣医の奥さんが、少し笑う。

「中で暴れるから試しに入れてみたのよ。それから離してくれなくて。昨夜はちゃんと洗ったのよ。でもね、落ち着いてくれなくて、結局ハヤミ君のシャツ、取られちゃったわ」

その話にハヤミは、それで落ち着いてくれるなら、〝ま、いいか〟と、思った。

「他に何か質問、あるかしら」

獣医の奥さんに言われてハヤミは、質問の言葉が見つからずに「いいえ」と答えた。ハヤミは、動物病院に来てほしいと電話を受けて言葉を、用意してこなかったのだ。獣医の奥さんがハヤミに、椅子を勧めてくれて、その視線が流れた。

「ケイちゃん。ちょっと席、外してくれない」

とケイスケに言った。そして腕を大きく振る。

「いいから外に出てなさい」

と一喝を浴びせたのだ。

女は強い。とハヤミは、獣医の免許を持つ奥さんを前にして緊張が走る。どんな話が出るのかハヤミは、気持ちが、落ち着けないのだ。静かにして待つハヤミを前に、

「そうねェ」

と獣医の奥さんが手元の紙を、めくる。

「骨折に打撲、内臓に大きな損傷はないとして、結構、重傷に近い状態だったから、一ヶ月は、入院が必要になるわね。残念だけど今回は時間がかかるわよ」

そう言われてハヤミは、「はい」と答える。八月一杯はかかるのかと、気が、重くなる。夏休みの、遊びの予定を白紙に戻したハヤミは、白いカラスを思い、「よろしくお願いします」と言った。

「いいの。あの人から聞いてるとは思うけど。野生の動物は飼えないのよ。回復して元気になっても、そばには置けないのよ。一応、保健所に連絡を入れるという決まりになっているから、許可をもらって預かってはいるけど。この先、どうなるのか分からないのよ。ハヤミ君、もっとよく考えてほしいのよ」

と獣医の奥さんが真剣に言う。そして、

「ところで」と、改まったようにハヤミに向き合う。

「言い難《にく》いことだけど。このこと、お父様はご存じなのかしら」

言われてハヤミは、今の今まで、国外で働く父をまったく、と言っていいほど、忘れていた。

「父には何も」

と言いかけてハヤミは、「知らないはずです」と言った。ハヤミは父に何も、話をしていないとは、言えなかったのだ。

「そう。一度、話を通した方がいいと思うわよ。人間の病院とは違って、ここ、社会保険制度がないから。ペット保険にでも加入してない限り、結構、もめるのよね、待ち合いの受付で。あとでバレて気分悪くするより、先に話を通した方がいいと思うわよ」

はいと、獣医の奥さんに渡される紙に、ハヤミは、〝ゲ〟と思う。新品の、原動付バイクが買える金額、だったからだ。

「ね、ゾッとするでしょう。今はまだ分からないけど、一ヶ月の入院ともなるとね、多少の前後は仕方がないとして、先に知らせるようにしているのよ。苦しんでいるペットを前に治療を続けるのかどうか。何に使ったのか、のちのち、気分悪く説明するより、先に事情を話した方がいいと思うわよ。別に悪いことをしているわけでもないし、話を通してくれた方が、こちらとしても治療に専念できるのよね」

獣医の奥さんに、「いらっしゃい」と手招きに、ハヤミは、白いカラスのケージを前に腰を落とした。ケージの奥では、白いカラスがハヤミのシャツの上でスヤスヤと静かに、眠り続けている。

「治療はこれからも続けさせてもらうわ。せめてご飯が食べられるようになるまで、目が、離せないのよ。ねェ、ミルクちゃん」

優しい笑みの奥さんが呼ぶ。

「いくら何でも名前なしでは困るでしょう」

と、ハヤミに言った。

「トラブルだけは避けたいのよね」と書類を手に部屋を、出て行ったのだ。

ハヤミは一人、動物のケージを前に、大変なことになったと思う。白いカラスに遭遇して、この動物病院に預けてハヤミは初めて、目の前の大変さを知った気がした。

「ハヤミ君」

廊下の白壁に立つ獣医の先生の、小さな手招きにハヤミは、「隠しごとはよくない」と注意を受ける。

ハヤミは疲れな重さに気が遠くなる気分だ。

「すみません」

「いや、謝らなくていい。どこまで力を貸せるか分からない。普通のカラスかミミズクならば問題は、なかったのだが、今回は市の動物園に引き取ってもらおうと、話が出ている」

と獣医が言った。

「一応、頭に入れておいてほしい」

ポンと軽く肩に、促されてハヤミは、動物園と頭に、インプットする。それほど話が大変なことに、なっていたのだ。

「大丈夫か。何か飲むか」

ケイスケが外の、通り道に置かれた自販機を、気にする。

ハヤミは、「いや」と首を振った。疲れた。たくさんのことが一度に押し寄せてハヤミは、椅子に座りたい。

「ハヤミさん」

事務的な受付の、お姉さんの視線に、ハヤミは、座っている暇もない。

対面に「はい」と差し出された、大きな封筒にハヤミは、「何です」と尋ねた。お姉さんの顔がムッとなる。

「獣医の診断書をはじめ、今後の治療方針に、これまでかかった費用などの書類が入っています。お家の方とよく話し合われてください。お大事に」

一礼に、ツンとした顔が奥に消えて、ハヤミの手に現実が残る。

「見せてみろ」

ケイスケに言われて、ハヤミは、家の問題に口を出されたくない。

「いや、いいんだ。まっすぐ家に帰るよ」

海外勤務中の父に、話を通す。問題の封筒を入れたリュックを背にハヤミは、ほとんど無口に近い父が、とても、苦手だった。

動物病院を出たハヤミは、自転車の防犯ロックを、外す。ふとハヤミはケイスケに、尋ねた。

「なぁケイスケ。マキさんは、オレにとって何だろう」

ハヤミのつぶやきにケイスケは、首を振る。そして言った。

「何言ってんだ、お前。頭でも打ったのか」

自分の自転車を反転させる。そして続けて言った。

「家族も同然な感じだろう。よく気が利くし料理はうまいし。中三の三者面談の時なんか、怒るどころか急に泣き出して、お前、マキさんの泣き顔がなかったら、今ごろ高校、通ってないぞ」

ケイスケが呆れたように言う。

「それをトップクラスで入学だもんな。入学直後の学力テストで成績落として、どっちが本当のお前なのか、さっぱり分からん」

自転車を押して歩くケイスケを横に、ハヤミは、尋ねた。

「学力テストの話、したか?」

中学を卒業して以来になるケイスケに話をした、覚えがまったくないのだ。アハハハと笑うケイスケが、「ツガワセイイチロウだ」と言った。

ハヤミはますます、わけが分からない。

「あいつ、そんなにおしゃべり?」

「マキさん、だろう、ツガワにしゃべったの」

と言ってケイスケが得意そうに言う。

「でなきゃ、あのツガワセイイチロウが呆れて口を滑らせるわけ、ないだろう」

アハハハと上機嫌なケイスケを横にハヤミは、家と寺のつながりの深さを改たに、知った気分だった。ま。と、ケイスケが言う。

「家政婦とはいえ、マキさんはお前の〝お袋さん〟のような人だ。それを何だろうなど変なことを言うお前が、何だろうだぞ」

ケイスケに言われてハヤミは、「そうかも知れない」と復雑な気分になる。

家の者と相談する。

〝一度、話を通した方がいいわよ〟

その中に一番身近なマキさんが、含まれていない気がして、ハヤミは寂しい気がするのだ。

マキさんはオレの、何だろう。

「どうした、熱でもあるのか」

いきなり伸びるケイスケの手に、ハヤミは上目づかいにポカンとなる。ハヤミの額を手の平に触《さわ》るケイスケが、「家で休んで行け」と言った。

「そんなに熱、あるかな」

夏の陽気に目が回る。ハヤミは家を出て水分を、まったく口にして、いなかったのだ。

「強情を張るな、家で休んで行け」

ハヤミは、「大丈夫だ。よくあるだろう〝急に上を向くと目眩いに襲われる〟と。それだよ、別に具合が悪いわけじゃない、大丈夫だよ」

ホッと肩に息をついて、ハヤミは、自転車を押して歩く。気温三十五度を超える蒸し暑い、この陽気だ。道路のアスファルトの照り返しが加わり、歩くだけで汗が流れる。

ハヤミは横のケイスケに、尋ねた。

「他に用があるんじゃないのか」と、玄関先で弟くんが叫んでいたアイスを、話に出した。

「まぁ、そうだな」

と言ってケイスケが、思い付いたように念を押す。

「よし、お前の分も買ってくる。だからオレんちにいろよ、絶対だぞ」

「ケイスケ」

離れていくケイスケの自転車に、時すでに遅し、である。しょうがない。と、自転車を走らせるハヤミは住宅地に入る。物《もの》の一分とかからずに、ケイスケの家に、たどり着いた。夏の暑さにハヤミは、自転車を玄関の脇に停めて、二階建て家屋の陰に入る。町の西側はなぜこうも、暑いのだろう。

寺がある町の北側に、東の自宅は、裏山から吹き下ろす風にいつも涼しい。しかし、奥の川沿いを電車が走る西側に、その風が届かないのか、今日のような真夏日には、さすがに氷が欲しくなる。

一雨、来ないかな。暑い。ハヤミはまるで、市内のコンクリートの町に一人、待ちぼうけを食らった気分だ。

ガチャッと音に玄関の扉が、開いた。

「ハヤミのユキ兄」

ケイスケの、五歳下のヨシヒロ君である。

「いるよ、ここに」

その声にハヤミは少し、場違いな気分になる。

「あの……」

と、ハヤミがのぞき込む玄関で、ヨシヒロ君が、携帯を片手に話し中である。

「うん、分かった。じゃね」

通話を切ったヨシヒロ君が、明るい声に言った。

「入って入って。兄ちゃん、アイス買ったらすぐ戻って来るって」

弟のヨシヒロ君に誘われて、ハヤミは、悪い気がする。

「ごめんね、なりゆきで突然、お邪魔して」

「いいよ別に。昨日、シゲシゲ双子の寺のイチ兄から電話あったし。何となく予感、してたしね。白いカラスのこと聞かせてほしいな」

明るいヨシヒロ君に連れられて、ハヤミは狭い通路を奥に、右手の涼しいリビングの風に部屋の照明の下を、お邪魔する。

「どうも、失礼します」

「何だ、結局、来たのか」

と、迷惑顔に腰を上げるケイスケのすぐ下の、弟の、マコト君である。

「ヨシヒロ、オレにも水」

「何でだよ、自分でくんでよね」

ハヤミは、足の踏み場に困る。生活用品に、床に散乱するゲームにオモチャに、動けない。

対面キッチンの奥から三男のヨシヒロ君が、側に来て言った。

「はい、お水。兄ちゃんが飲ませてやってくれって」

目の前にコップを差し出されて受け取るハヤミは、一口水を喉に、通した。ふう、生き返る。

「ところでヨシくん、お婆ちゃん、いたよね。あれから出かけたの?」

弟二人で留守番をしていると分かる、ゲーム途中のモニター画像にハヤミは、ソファのオモチャを脇に失礼して腰を下ろした。

エアコンの風に涼しい室内で、ハヤミは、〝おばあちゃんは寝てる〟とマコト君に聞かされた。

「そう。何となく話があるように、見えたけど」

「ないない」

中学生のマコト君がゲーム中のTVモニターを前に、座る。

「婆ちゃんの話なんかどうでもいいよ。それよりユキ兄、寺のイチ兄と何か、あったのか。うちの兄ちゃん昨日から何か一人でイライラしててさ、八つ当たり、されて迷惑してんの。何か心当たりあるなら説明してくれよな、それでなくてもこっちは、毎日忙しい……」

モニター中のゲームが、オーバー。

「ああ、もう、またやられた。ぜってェ、ぶっ潰してやる」

中学生のマコト君はTVモニター接続のオンラインRPGに、夢中のようだ。

「好きだよね、ドラゴンが出てくるゲーム」

と言って三男のヨシヒロ君が、そばに来た。

「友達のケン兄と二人でやっつける、て朝から頑張ってるけど。アレだもん、アハハハ」

ヨシヒロ君の話にハヤミは、どおりで室内が散乱していると思う。友達は、どこにでもいる。何も焼け付くような太陽の下を遊ぶ、必要はないのだ。

「あのね、ユキ兄」

と、三男のヨシヒロ君が話しかけてくる。

「この前の日曜、来なかったよね、スイミングスクール。筋肉痛で動けなかった、て本当なの」

小学六年のヨシヒロ君に言われて、ハヤミは、正直に話す。

「うん、ちょっとね。自転車の漕ぎ過ぎで、ほとんど動けなかった」

ハヤミが午前中の時間帯に切り換えて、合わせたように、ヨシヒロ君は、同じ時間帯の別の教室に通う。スクールのプールでは顔馴じみになっていた。

「ふうーん、寺のイチ兄に扱《しご》かれて、動けないのかと思ったけど、違うんだ」

「あははは」

ハヤミは半分、当たっている気がする。寺のセイイチロウには世話になっている。しかし、少し事情が。

「セイイチロウは自分のことで精一杯のはずだよ。オレのこと、構ってる暇もないほどに。今、ちょっとね、寺の事情で手が離せないらしいんだ」

ハヤミは、当たり触りなく説明する。

「こっちもいろいろとね、あったから遊ぶ気分でもないし。ちょうどいいんだ」

コップの水を喉に通してハヤミは、ふうと息を吐《つ》いた。体が急に冷えて、生理現象が……。

「ちょっとトイレ、借りるね」

「部屋を出て右……」

バタバタと駆け込むトイレの扉に小学生のヨシヒロは、ただの水道水でお腹、壊したのかなとチョッピリ、気になる。

玄関の鍵が開《あ》いて、扉の外から兄の声がした。

「ただいま、外は暑いぞ」

「兄ちゃん、あのね」

玄関で靴を脱ぐ兄のケイスケにヨシヒロは、ハヤミのユキ兄がトイレに入った経緯《いきさつ》を話した。

言われてケイスケは、少し呆れる。

「ただのトイレだろう」

ヨシヒロの焦った様子に仕方なく廊下を歩き、突き当たりの扉をノックする。

「おおいハヤミ、お前、大丈夫か。ヨシヒロが心配してるぞ」

「ん、ちょっと待って」

扉を通して返る声にケイスケは、軽く答えた。

「ゆっくり入ってろ」

そしてヨシヒロの頭に手を乗せた。

「ホレ、アイスだ。兄ちゃん手を洗って行くから先に食べてろ」

五歳年下のヨシヒロを見送り、ケイスケは、汗でベタベタになったTシャツを、脱いだ。洗面所の洗濯機に放り込んで、洗面台の蛇口で手を石鹸に洗い、顔を洗う。

ふう、とケイスケは、白いタオルで顔と身体を拭きながら〝ハヤミの奴、汗を拭かなかったようだな〟と、身体が冷えた理由を思う。そこに声が上がった。

「あ。びっくりしたぁ」

手を洗いに来たハヤミと入れ替わり、ケイスケは、涼しいリビングの整理ダンスからTシャツを出して、袖を通しながら、洗面台に戻る。

「お前、汗を拭いてないだろう。だから身体が冷えたんだ」

ハヤミは、Tシャツを着替えたケイスケを見て、冷房の効いたリビングを思い、そういうこともあるだろうと不思議な感じがした。ケイスケが足で、ガシャガシャと、「少しは片付けろよ」とオモチャを寄せ集める。リビングのソファで小学生のヨシヒロが、「そんなのあとでいいよ」と、カップアイスを片手に、スプーンを差し出す。

「はい、兄ちゃん、ア〜ン」とケイスケに一口、味見。ん、と口に広がる仄《ほの》かに甘い、赤い果実の味。

「ストロベリーだな」

「うん、当たり」

スリッとソファを下りたヨシヒロが、ネットゲーム中のマコトに、絡みたがる。

「あ！　あ、アん」

アイスの味見にマコトが、驚く。

「ゲ、いちごだ。兄ちゃんオレ、マーブルだからな」

とマコトはすぐムキになる。

「自分で取りに来い。ハヤミ、お前はどれにする」

ケイスケに言われてハヤミは体が、冷えて、遠慮したいところだが、それは逆に、失礼に当たる。

「オレンジ、かな」

コンビニのカップアイスを手に、ソファに座るハヤミは、腹部に、クッションを置いた。隣に座るケイスケが、クスッと笑う。

「山小屋の掃除は、済んだのか」

ん？　と、ハヤミは、ケイスケの指をたどり、腹部の、クッションを見る。

「なぜこれが山小屋の掃除なんだ」

そう言ってハヤミは「あ」と、枕を思い出す。

「ゴマフアザラシの抱き枕か」

隣のケイスケが、「あははは」と笑う。

ケイスケの笑いをよそにハヤミは、山小屋に不釣り合いな忘れ物が、いったい、いつの頃からあるのか、知らない。

「ハヤミ、ハヤミ。あのアザラシな、たぶん獣医の忘れものだ」

内緒話のケイスケの声に、ハヤミは、信じられない。

「それ、どこからの情報だ。ケイスケ」

と呆れに言った。ケイスケが面白そうに、答えた。

「うちの祖母ちゃんの、二十年前の話ではな、そうらしいぞ」

とケイスケが、先を続ける。

「五十年くらい前からかな、祖母ちゃんが、この家に嫁に来て、三十年間ほど、その頃の記憶が鮮明にあってさ。タイムスリップでもしたようにいろいろと、若い頃の面白い話が聞ける。たまに話の途中にブッ飛んで時代があっちこっちに混線するけどな、面白くてつい親父のふりして祖母ちゃんの話を聞いてやるんだ。その話の中に獣医の野郎の、忘れ物が出てくる。あの、ゴマフアザラシの抱き枕だ」

ケイスケの話にハヤミは、息を吐く。山小屋の忘れもの。ゴマフアザラシの抱き枕が歩く動物百科事典の忘れ物だと、聞かされてハヤミは、どういう顔をすればいいのか。

手の、カップアイスを口にハヤミは、そういうこともあるのかも知れないと、何となく思うのだった。

「それでハヤミ、山小屋の掃除は済んだのか」

ケイスケの話に「ん？」と言ってハヤミは、答える。

「山小屋の掃除は週明けに、なりそうだ」

「ふうん、週明けねェ」

席を立つケイスケにハヤミは、金曜の今日を思い、予定を軽く告げる。

「三日後の月曜か火曜、あたりだ」

壁のカレンダーをめくるケイスケは、軽く思い、そして言った。

「うん、火曜にしよう。週明けの火曜日に山小屋まで、付き合ってやるよ」

とメモを書き込んだ、ようだ。ハヤミは、悪い気がして、「悪いな」と言った。

寺のセイイチロウに頼めなくてハヤミは、親族のオジさん、かなと少し困っていたのだ。

一人で山に入るな、それがルールだった。

「悪いな、ケイスケ」

「いいって。ツガワの奴、手が離せないようだしな。それで火曜は午前中に山に、登るのか」

隣に腰を戻すケイスケに言われてハヤミは、「そうだな」と言った。

「ふうん。四日後の、火曜の午前中に山小屋の大掃除か。疲れて戻った後に、昼寝ができる？」

と軽く言った。ハヤミはくすぐったく感じて、「まぁな」と言った。

ハヤミの日常は、のんびりとしている。決して無理をしない。しかし、クロスワードパズルのように周りが、見えなくなる。それで少し、危ない奴だと思われがちになる。ハヤミ自身、そんな印象も当たっていると感じて、アハハハと笑えた。

ケイスケは、そんなハヤミに呆れながら、言った。

「ツガワの代わりは無理だけどな、一人で山に登るよりは、いいだろう。それで他に、オレにしてほしいことはあるか」

一応の、事情が飲み込めてハヤミは、「ない」と答えて「あ！」と、思い出《だ》す。

「イケガミシノブが家に、現れた」

ケホッケホとアイスにむせるケイスケが、「あの、洋館のシノブか」と言った。

「うん、まぁ」

ハヤミは、そりゃ驚くよなと思う。肌に合わない、話が合わない。なのになぜシノブは近づいてくるのか、分からないのだ。

「あいつ、何考えてるんだ」

とケイスケがムッとして言う。

「四年前の、お祖母さまの葬儀会場で痛い目に遭って懲りたはずだろう。それをコロッと忘れてアイツ、何がしたいのか、さっぱり分からん」

席を外したケイスケが片付けを始める。

「なぁハヤミ、防犯ビデオに記録、残ってるはずだろう。それを持って町の駐在所に相談に行くか。洋館の親父にシノブを家から出すなとか一言、釘を刺しておかなきゃ。何をするか分からないからな」

フムと思い、悩むハヤミの前で、フンと声がする。

「何、黙ってたんだ」

と中学生のマコト君がアイスを片手に、ソファのハヤミの隣に座る。

「大体のんびり、し過ぎるんだよ。言いたいことは言わなきゃ損するぞ」

とアイスを一口、喉に通して、ツンとした顔をする。

「それに、あのシノブが注意されておとなしく引き下がるもンかよ。威張り腐った奴で、我がもの顔でどこにでも現れる。ユキ兄は知らないだろうけどさ、昨年の秋祭りの会場でアイツ、薄気味悪い顔でユキ兄をずっと見てたんだぞ」

と指摘に言う。

「秋の奉納に錫杖を持って集中するユキ兄の姿を、ジーッと。ご神託のあと、ユキ兄、寺のイチ兄と一緒に帰って、何も知らないと思うけど。アイツの姿もどこにもなく、消えてたンだぞ。なァ、ケイ兄、そうだろう」

マコト君に話を振られて、片付け途中のケイスケが、困り顔で言った。

「そうだな。オレは見てないが」

「兄ちゃんはユキ兄に見惚れて周りを、見てなかったんだ。町の連中も皆、そうだ」

と、次男のマコト君がハヤミを見て、ツンと話す。

「しかし、そのシノブがユキ兄の家まで行ったとなると、話は別だ、絶対、何かが起こる。その前に先手を打って何が悪い。そうだろうユキ兄、攻撃は最大の防御だ、やられる前にやる。何ならオレが駐在所までついてってやるぞ。アイツに対して一言、ガツンと言ってやりたい。不気味で外も出歩けないってな」

アイスを口に、キーンとなるマコト君の気持ちは、分かる気もするが、ハヤミは、毎年恒例の秋祭りを何も、覚えていない。

秋祭りとはそもそも秋の収穫祭であり、自然の神様に実りをお披露目して感謝の意を捧げ、無病息災を願う行事である。町医者は三人いるけど大きな病院はない。みんなそこそこ平和に暮らしているのだ。

「兄ちゃんには悪いけど、何もしない方がいいと思う」

三男のヨシヒロ君が言った。次男の腕を嫌がるヨシヒロ君が、言った。

「だってそうだろう。今まで何もなかった。それは本当のことだもん、ねェユキ兄」

ヨシヒロ君に言われてハヤミは、「そうだね」と言った。

「何、生温いこと言ってるんだ」

マコト君がハヤミに、念を入れてくる。

「相手はあの、イケガミシノブだぞ。町のみんなだって知ってるんだ。当のユキ兄がそれでどうする。

もっと積極的に動けよ。町の守り手なんだろう、ユキ兄は」

そう言ってジーッと見つめる目にハヤミは、フムと目を逸らした。

「あれ？」

ヨシヒロ君の手がハヤミの、シャツの上をベタペタと触り、「ユキ兄、お守り、戻ったの」と言った。

そうだった。と、ハヤミは昨日、夕食後のマキさんに見せた首のペンダントを表に出して見せる。

「この通り、心配かけてごめんね、ヨシくん」

日曜の同じ時間帯に、スイミングスクールに通うヨシヒロ君だけは、そのプールサイドで気づいていた。

「良かった、お守りが戻って」

と言ってヨシヒロ君が安心した顔をする。

「誰も信じてくれなくて、すごく悲しかった」

ハヤミにすがり、少し涙したようだ。

「ペンダント、外してた、て過去《あの》の話は、本当だったのかよ」

と、少し上《うわ》の空のマコト君が、

「ごめん、ヨシヒロ、オレが悪かった」と言って席を外した。

「ハヤミ、悪い。足を上げてくれ」

と室内掃除機を片手の、ケイスケに言われて、ハヤミは、ヨシヒロ君を隣に座らせて、二人で体育座りに膝を抱える。ウィーンと動く掃除機が何となく可笑《おか》しくて、あはっと笑える。

「手際がいいな、ケイスケ」

洋間のリビングの、床が見えるほど、手際よく、片付けられていたのだ。

「ばーか。お前ほどじゃないよ」

とケイスケが、じれったく言う。

「何もない部屋が三つも四つもあるのは、お前んちくらいなものだ。普通の家では、こんなもんだろう。いくら片付けても生活感、ありありだよ。まったく、しょうがない。全部ゴミに出したら、さぞ、スッキリするんだろうな、オモチャの山ッ」

ひっとハヤミは隣のヨシ君を見て、ケイスケの〝フン〟とした態度に、身を引きたい。

「どうするんだ、ヨシヒロ。兄ちゃん、言ったよな、要るもの要らないものに分けておけと。いつになれば片付けるのか、さっぱり分からん」

踵《かかと》を返して掃除機を、片付けるケイスケに、ハヤミは、手を反《かえ》したように大人しくなったなぁと、思うのだ。以前のケイスケだったら、ここで必ず手を、出している。

〝てめェ〟とつかみかかり、相手に一喝を、浴びせる。

高校二年になりハヤミは、ケイスケが急に大人びて、見えたのであった。

ん？　とハヤミは、隣のヨシヒロ君に寄り添われて少し、気になる。

「何かあるの」

「うん、あのね」とソファに膝をついて、「お祓い、できる？」と言った。

ハヤミは、ヨシヒロ君に、困り言った。

「お祓いって、あの、神社でやってるお祓いなの？　玉串を振って〝払いたまえ清めたまえ〟ってやる、お清めのお祓い、なのかな」

少し、ヨシヒロ君に、戸惑いの色が浮かび、言った。

「分かんない。でも、悪いのは家だと思う。住んでる人は悪くないよ。だってボク、見たもん。段ボール箱に捨てられた小犬を抱き上げて、あの洋館に入って行くシノブお兄ちゃんを。だから助けてあげてよ、ハヤミのユキ兄」

「ちょっと待って」

ハヤミは、ヨシヒロ君の話に〝あの洋館〟を思い、気が重くなる。

「お祓い、て。〝あの洋館、丸ごと一軒〟て、ことなのかな」

ヨシヒロ君は、ウンと頷いて、「無理かな……」と、心細そうにシュンとなった。

ハヤミは、選りに選って近づきたくない〝あの洋館〟の話に、困ってしまう。

「一つ聞くけどヨシ君、あの洋館の中に入ったこと、あるかな」

ハヤミを見つめるヨシ君は、首を振った。

「そう」

ハヤミは、シンメトリーな洋館に、ものすごく嫌な感じを受けて、逃げ出していた。どす黒く嫌な、ものがシノブから匂ってくる感じに、ハヤミは、肌に合わないのだ。馴染めない違和感にハヤミは、あの洋館を見たくない。前ぶれもなく土足に現れるシノブの顔を見たくない。指先が、ピリピリして、全身がイライラする。

「もう」

自分を振り払いハヤミは頭を、抱える。わけが、分からない。

「ごめんなさい」

謝るヨシヒロ君を目にハヤミは、自分のコントロールが利かない。自分の中の嫌な違和感が冷たく、スーッと体から引いて、ハヤミは、肩の力を抜いた。まだ少し、指先にピリッとした気配を覚えるが、体の温もりにそれも、消えた。ハヤミは、涙のヨシヒロ君に、答えた。

「大丈夫だよ」

と言ってソファに背を預けて目を閉じた。

「何があった」

ケイスケの声に顔の前に現れて、中途半端なハヤミの体がズルッと、ソファを滑る。

「前を塞ぐな、そこを退《ど》けよ」

「あ。悪い。ついな」

ケイスケが、身を引き、ハヤミはソファに腰元を、戻して座り直した。ケイスケが首を振り、言った。

「何があった」

とハヤミの隣に腰を下ろす。そして言った。

「ヨシヒロと何か、あったのか」

ケイスケが身体を横に、片足を上げて、呆れたように言った。

「お守りのペンダント、出てるぞ」

普段から気にしないハヤミは、「あぁ」と言って〝お守り〟を、シャツの下に戻した。

ハヤミは、態度のデカいケイスケに、前を向ける。

「相談を受けた。ヨシヒロ君から西の洋館を丸ごと一軒、お祓いをしてほしいと、な」

ケイスケの足を床に落とし、ケホッとなるケイスケが、言った。

「何だって。悪い、もう一度、言ってくれ」

とソファに戻した足先を、軽く、揺らす。

「だから」

とハヤミは、態度のデカいケイスケの、癖の悪い足を押さえて言った。

「不気味な西の洋館の、お祓いを丸ごと一軒、できるかという話だ」

ポカンとなるケイスケが、「本気《ほんき》か」と言った。ハヤミは身を引き、ソファに片膝を抱える。

「できない、というわけじゃない。心当たりもある」

神社系式のお祓い。

「しかしなぁ」とハヤミは苦手な人物を思う。

「あの洋館の頑固ジジイを誰が説得する。人の話を聞くと思うか。お祓いをさせてくれ、なんて話の腰を折られて終わりだ。門前払いに交渉の余地もないね」

フム、と答えるケイスケが、片膝体育座りに、視線を流す。

「ヨシヒロ、ちょっと来い」

来い来いと手招きに、小学生のヨシヒロ君を横に、呼び寄せる。

「ハヤミに〝お祓い〟を、頼んだのか」

ヨシヒロ君が、ハヤミを見て、「うん」と、小さくうなだれた。

「そうか。でもなヨシヒロ、あの洋館は別だ。異色な存在だぞ。この町にあの洋館が合っていると思うのか。水田や畑の野原《のはら》に植木や鉄柵《さく》のバリケードを張って、その奥に三階建てのあの洋館だぞ。自分で異色な存在をアピールする人間に何を言っても無駄だ。放っておくに限る。何も気にするな、お前は悪くない」

ケイスケの手がヨシヒロ君の髪を、軽く撫で回して、いい子いい子。

「ほら、余計なことは兄ちゃんに任せて、オモチャを分別する。でなきゃ丸ごと捨てるぞ」

キャンと弾かれた小犬のようにヨシヒロ君が、オモチャの山を相手に、ああでもないこうでもないと、始める。

「しかしな、ハヤミ」

足。

「うわ、……お前なぁ、なぜオレの足を邪険に突き落とす」

ハヤミの蹴り足が、目の前に……。

「分かったか、ケイスケ。身長が伸びた分、足も伸びてるんだ。分かったら引っ込めろよ、邪魔でしょうがない」

ようやく気づいたケイスケがおとなしく、ソファに座り、ハヤミは、その隣に腰を、下ろした。

どこまで話、したっけ。

「ユキ兄」

中学生のマコト君が、手のコップを「水だ」と言った。

受け取るハヤミは、水を一口、喉に通す。体の中心を流れる感覚に、落ち着ける。

「それで、二人して信じてるのか、ヨシヒロの話を」

ソファの肘掛けに腰を落とすマコト君が、ヨシヒロ君の話を、信じる。

フムと考え、コップを手のハヤミは、困り言った。

「どうだろうな。実際に、見たわけでもないし、話を聞いた限りでは何とも答えようがない」

と、コップの水を喉に通した。

「兄ちゃんは、信じてるのか、ヨシヒロの話を。洋館のイケガミシノブが本当はいい奴かも知れないと、信じてるのか」

「ちょっと待て」

と困惑顔のケイスケが、頭をしぼり、告げる。

「イケガミシノブが、いい奴？　どこからそんな話になってる。分かるように説明しろ」

ケイスケの悩み顔にマコト君が、ハヤミに、言った。

「言ってなかったのかよ」

フムと考えてハヤミはこの状況に、首を振る。そして言った。

「今さっき、だからな、その話をヨシ君に聞かされて。ケイスケに説明してる暇もないよ」

そしてハヤミは、コップの水を飲み込む。

「つまりだな」

マコト君が、めんどくさそうにケイスケに、ハヤミが聞いた小犬の話をする。

「ま、ユキ兄が言ったように、見たのはヨシヒロだけだ。大《おお》かたヨシヒロの奴、小犬を拾いに行って目撃したのだろう。ヨシヒロが犬や猫を拾って来るのは今に始まったことでもないからな。その時、偶然、見てしまった。あの洋館に住むイケガミシノブのあり得ない行動を。ヨシヒロの奴が一番、驚いたと思うぞ。——町の大人達は皆、あの洋館の人間を毛嫌いしてるからな。そういうオレも、大っ嫌いだけどな、気持ち悪くてしょうがない」

と首を振り、一息吐いた。

「それで、どうするんだ。ヨシヒロの話を真《ま》に受けて洋館の〝お祓い〟やるのか」

肘掛けのマコト君に言われてハヤミは、側《そば》で、首を振り反対する、ケイスケを見る。

「無茶を言うな、あの西の洋館、丸ごと一軒だぞ。どう考えても無理がある」

ケイスケはすでに、精一杯のようだ。

「ユキ兄は、どうなんだ。何か方法でも、あるのか」

マコト君に言われてハヤミは、痛いところを突かれた気分に、胸の、護符を表に引き出す。

「このお守り、二日前なんだ。寺で〝お祓い〟を受けて新しく、つけ始めたのが」

ペンダントを見つめるマコト君が「マジ？」と言った。

「まぁね」

ハヤミは、滅多に胸のお守りを表に出さない。見せ物ではなく、自分の身を守るペンダントを常にハヤミは、服の下の地肌に直接、付けている。

「以前のお守りは二ヵ月前に、赤い染みが現れて、ずっと家に置きっ放しだった。それをこの前、学校の終業式の日にセイイチロウに引き取ってもらったけどすでに、真っ赤でものすごく嫌な感じがした。まるであの、嫌な西の洋館の中に昔《むかし》入った時のような、吐き気に目が回る感じだった。セイイチロウの〝青いお守り袋〟がなかったら多分、二階の勉強部屋でブッ倒れてたと思う」

そこまで言ってハヤミは、手に持つ、コップに、残る水を、飲み込む。

「それで」

と肘掛けのマコト君が、「それでどうなった」と呆れたように言った。

ハヤミは、マコト君に、コップを差し出して、言った。

「水をもう一杯、もらえるかな」とお代わりを求めた。

「ああもう、いくらでも飲ませてやる。勝手に話、進めるなよ」

と釘を刺して、マコト君が、対面キッチンの奥に入る。

ハヤミはソファに身体を凭《もた》せて力を抜いた。そこにケイスケが言った。

「とても信じられなかったが。お前よく、お守りなしで無事でいられたな」

「いや、そうでもない」

ハヤミは、今年の六月と七月を思い、素直に答えた。

「とても言い尽くせないほどゴタゴタに巻き込まれたよ」

と、そこにハヤミは、マコト君が差し出すコップを、受け取る。

「ありがとう」

「それで」

横からケイスケに言われてハヤミは、自分の運のなさに〝お祓い〟を受ける決心が付いたと、話した。

「ふうん、それで新しいお守りねェ」

と横の肘掛けのマコト君が言って、先を続けて、言った。

「それであの、洋館のお祓いを、どうやってやるんだ。まさか洋館相手に滝行を、やらせるつもりなのか」

とマコト君が言った。洋館に滝行……。

「ないない、物理的に不可能だ」

言ってハヤミは、あははは と笑える。

洋館がトコトコ歩いて滝に、打たれる。あり得ない、絶対に無理だ、幻想の世界だ。

はははは。

「何もそんなに笑える話か、人が真剣に聞いてるのに」

マコトは、オモチャを前にポツンと座るヨシヒロに、言った。

「来いよ、気になってるんだろう」

マコトは別にヨシヒロを、蔑《ないがし》ろにしたつもりはない。ただ、たまに妙なことを言うヨシヒロは、相手にしにくいのだ。

ハヤミのユキ兄がヨシヒロの話に興味を持った。町の守り手のユキ兄には、いてもらわなくては困るのだ。

「それで、どうやってお祓いをするんだ」

と言った。

マコト君に言われてハヤミは、コップの水を一口、喉に通して自分を、静める。

「寺のセイイチロウが通っている塾の、先生に頼めば何とかなる。ここはやはり専門家の手を借りた方が賢明だと思うけど。その前に重大《じゅうだい》な問題がある」

気が重くなるハヤミは、コップの水を一口、喉の奥にゴクリと通した。そして言った。

「できない、というわけではないが何分《なにぶん》にも洋館の頑固ジジイが相手ではね、お祓いをさせてくれと切り出した時点で怒声を食らう。かといって勝手に行なえばそれこそ争いになる。つまり、お祓いの方法ウンヌンの前にあのジジイを説得する必要がある。その役目を誰がやる。住んでる洋館に問題があるからお祓いをさせてくれと、誰があの頑固ジジイに話を持ちかけられる」

そう言ってハヤミは、身を引くように先を続けて、言った。

「オレは無理だ、因縁をつけるなと激怒を食らう。西の洋館には行きたくないし顔も見たくない。手は貸してもいいがオレは、洋館に関わるつもりはない。関わればろくな目に遭わない。専門家に話は通してやる、しかしあの頑固ジジイの説得は自分達でしろよ」

とハヤミは携帯の電源を、入れた。

「待て待て待て、早まるな」

ケイスケがそれを止めたのだ。

「話はよく分かった。時間をくれ、今のところはまだ、どうにもならん」

と首を振るケイスケに、ハヤミは、素直に答えた。

「分かった。決心がついたら家に連絡してくれ。いつでも相談に乗るから」

と、リュックを肩にリビングをあとにした。

ケイスケは、呆《ほう》ける二人の弟に、「祖母ちゃんを頼んだぞ」と言って、ハヤミのあとを追う。ハヤミは玄関の脇で、自転車の防犯ロックを外していた。

「ケイスケ、さっきは悪かった。しかしああでも言わなきゃ分からないと思ったし、のちのち面倒で御《ご》破算《はさん》になれば多くの人に迷惑をかける。少し強引に話を終わらせて悪かった。あの二人にもごめんと謝っておいてくれ。じゃな」

ハヤミをケイスケの腕が止めたのだ。素直に笑うケイスケが、言った。

「気にするな、友達だろう。途中まで送って行くよ」

ケイスケには悪いが、ハヤミは、日中の三時半過ぎのアスファルトを歩きたくない。

「暑いからいいよ。家の中ならともかく炎天下の中を、自転車を押して歩きたくないぞ」

ん、と自転車を引っ張り出すケイスケが、あっさりと答えた。

「それならそうと早く言えよ」

と、自転車を押して前に出る。

「絶好にいい場所、知ってる。オレについて来いよ」

右に曲がり、自転車のケイスケがすでに、路地を先に行く。

「おい、ケイスケ」

しょうがない、付いて行くか。

ピリッと気配を感じてハヤミは、西の奥地を見る。立ち並ぶ二階建て民家の住宅地に、車は疎《おろ》か誰の姿もない。気のせいか。

茹《ゆ》でるように暑い住宅地だ。涼しくなる夕刻《ゆうこく》まで外を出歩く者はいない。今は、先に行ったケイスケのあとを追う。

自転車を走らせてハヤミは、夏の陽差しの中を東に、向かった。

望遠レンズに、追いかけるその姿が、住宅の陰に消えた。意外に早かったな、ハヤミ。動物病院の白いカラス。

ハヤミの写真を手にシノブはいずれ、西側に来ると、分かっていた。

「待って。待ちなさい」

三階の窓から見下ろす表の庭を、家の使用人が小犬を追いかけて噴水の前を横切る。この家に、動物はいつかない。生き物の存在がない。重い空気がそこいら中に漂っている。ただ、それだけだった。

卒業した小学校の、建物を横にケイスケの自転車が停まった場所は涼しく、何の変哲もない竹林の小道である。土手の上の、小学校の体育館がひっそりとしてハヤミは、竹林の小道に自転車を停めた。

「懐かしいだろう」

とケイスケが缶の、オレンジジュースを差し出した。

「来る途中の自販機で、ちょっとな」

ハヤミは好意に甘えて「うん、悪いな」と、それを受け取った。

小学校の西と東に、文房具店がある。つい買い食いをしては先生に、叱られていた。町の小学校を卒業して以来になるハヤミは、久しぶりに青竹《あおたけ》の、竹林の風に当たる。

「いい風が通るな」

「だろう、ちょっと生温いけどな。本通りのアスファルトの上より楽だろう」

ケイスケに言われてハヤミは、「そうだな」と言った。

「ところでハヤミ、さっきの〝お祓い〟の話だけどな」

ケイスケが、体育館下の急な土手を背に、片足に寄りかかりながら、言った。

「なかったことにしてくれないか」

フムと考えてハヤミは、傾斜を背にして靴裏を、土手に預けて、立ち話の体を、楽にする。

「それでいいなら別に構わない。オレも気楽に乗れるような、話でもなかったからな」

西の洋館を丸ごと一軒、お祓いを。など、前代未聞だぞ、と思いながら、ハヤミは缶入りのオレンジジュースを、飲み込む。

「ヨシヒロは甘えん坊で、どうしようもなく、すぐ泣き出す癖に、嘘は吐《つ》かない。それはオレが一番よく知っている。しかしな、選りに選ってイケガミシノブが良《い》い奴かも知れないなど話を、どうやって信じろという。神出鬼没に散々に追いかけ回されて、良《い》い奴かどうかなんて分からずに、ただ、人騒がせで迷惑な兄ちゃん、というイメージが強くてな。なぜ、あんな奴のために洋館のジジイを説得しなきゃならんのだ、と考えるうちに、その、めんどくさいというか嫌気が差したというか。どうでもよくなってきてさ。結局のところ、オレには、さっぱり分からん」

そう言ってケイスケが手の、缶入り紅茶を、喉に、通した。

ケイスケがハヤミをチラ見に、気にして言った。

「何か悪いな、長々と話に付き合わせて結局、白紙に戻すようなことになって。オレのわがままだ、気にしないでくれ」

風に息を吐《つ》いた。ハヤミは缶入りのジュースを喉に通す。

「しかし何だな、ハヤミ。イケガミシノブがお前の家に現れた、といえばアレだよな、白いカラス。他に心当たりもないし町の噂になってるし。あいつのことだ、また性懲りもなくお前をからかいに行った。そんなところだろう」

ケイスケを横に、ハヤミは、当たっているような、いないようなと思う。そして言った。

「さぁな。何しろ一言も話、してないし。オレの家にシノブが何をしに来たのかなんて、知る必要もない。気分が悪いだけだ」

肌に合わない。それが答えだったからだ。

太い青竹が広がる竹林が、狭く感じる。ハヤミは小学校を卒業して今日まで、足を運んだ覚えが一度もなかったのだ。

「噎《むせ》びは、いいのか」

ハヤミは、なぜかケホッとむせるケイスケの驚きに、可笑《おか》しく感じる。

いい気分転換になりハヤミは、リュックの中を気にして、言った。

「白いカラスの話を父さんに、しなきゃ、ならないようだし。そろそろ家に帰るよ」

「そうだな」と言って缶を受け取るケイスケが、ふと、気にして尋ねた。

「ツガワセイイチロウは、知っているのか。シノブがお前の家に現れたこと。アイツ、シノブのことは何も言ってなかったぞ。白いカラスの話に思い出したように山小屋の付き添いをオレに、頼んだ程度で。シノブのことは何も言わなかったぞ。いいのか、黙ったままで。一応、アイツに話、しておいた方がいいんじゃないのか」

ケイスケの話に自転車のハヤミは、いや、と首を振る。

「今年は家でのんびりする予定だ。何も起こらないよ、家にいる限りはな」

じゃな、と言ってハヤミはふとケイスケに、目を向けて言った。

「来週の火曜、世話になるよ。週末に電話する」

と、児童の通学路を東に向かった。

離れ行くを見送り、ケイスケは、ハヤミの飲みかけを地に、流し、缶を、空《から》にする。

大変だな、アイツも。

ケイスケは、自転車の向きを反転させて、西に向かう。途中の自販機横のゴミ箱に、空《あ》き缶を入れて
ケイスケは、自転車を走らせる。

来週の火曜か。四日後の予定にケイスケは、久しぶりに山に登る気分に足も軽く、気持ちが浮いてい

た。

迫る夕刻の縁《えん》の下にハヤミは、膝を折る。

ハヤミが一大決心に、連絡を取った父の声は、「何だ、早くしろ」だった。

仕事中の父は、機嫌が悪い。ケイスケと別れて家に戻り、その足で掛けた電話の父は、すでに仕事中で、息をするのも面倒くさそうだった。

家の、クヌギ山の林道で、遭遇した白いカラス。怪我を負わせた自分に責任がある。

「好きにしろ……自分で納得できるまで好きにしろ」

と言い電話を切ったのだ。

何ちゅうアバウトな父だ、人の気も知らずに。と、ハヤミは毎回フムと考える。父はいつもこうだ。

〝興味があるならやってみろ〟

〝それで良いなら好きにしろ、じゃやな〟

と、父はまるでハヤミに関心がないのだ。しかしこれで一応は、話を通したことになる？　のかなぁ。

少々、納得がいかないハヤミは母屋を離れて、池の縁で、鯉にご飯をあげる。

「どう思う」

黄金色の主様《ぬしさま》は、池の底でジッとしてて、ほとんど動いてくれない。他界したお祖母さまの話ではすでに、八十年の寿命を超えている。つまり主様は常に池の底で、眠っているのだ。吸引に、パクリと、ハヤミの手からご飯を食べてくれる。

「ねェ教えてよ。父さんてどんな人」

主様の口元がくすぐったくて、開くハヤミの手から吸引に、ご飯をパクリと食べる。人間に例えるなら九十歳の錦鯉である。

「はい、まだまだいっぱいあるよ」

ハヤミは、錦鯉センターの人から、すでに、目が見えていないと聞いて、直接、池に手を突っ込んでご飯をあげるのだ。主様が人の言葉を話してくれたら、いいのに。しかし現実には、ただ、そこにいるだけの巨大な錦鯉で、ご飯を食べる以外にはほとんど動く気配もなく静かに時を過ごす。御高齢でおとなしい錦鯉だった。

「お休み」

場所を移動してハヤミは、池の縁に集まる鯉達に、ご飯をあげる。大、中、小と口元をパクパクと吸引に、ご飯を食べる鯉達は、親子、孫、ひ孫とすべてが家族なのだ。

「みんな元気だね」

ハヤミは、鯉にご飯をあげながら、体調を見る。鯉に模様が違うように、個々の性格が、それぞれ違うのだ。小学校の瓢箪《ひょうたん》池の鯉も中学校の校長室横の池の鯉も、町の公民館の中庭の鯉も高校の中庭の池の鯉も、やはりそれぞれに個性が違っていた。中には元気がありすぎて、バシャと、水を打掛ける危ない奴もいる。長閑《のどか》に見えて、実は油断も隙もない。

「お前、ケンカ売ってんのか」

そう、言っても池の鯉は口をパクパクとご飯を催促してくる。本当に、自由奔放に池の中を生きている、憎めない鯉の一族なのである。

「はい、もうおしまいだよ」

ステンレスのボールをないないと合図に、スーッとおとなしく、優雅に泳ぎ始める。そろそろ錦鯉センターの人に連絡を入れて、本格的な健康チェックに、増え過ぎる前に引き取りを、お願いする時期かな、と、ハヤミは、鯉の大家族を前に思う。親子、孫、ひ孫達を引き離したくないと思いつつ、体が大きくなり、池が手狭になってくるのだ。仕方がないと思いながらハヤミはやはり、淋しい気分になる。

なぜ家に鯉がいるのだろう。最初っからいなければ何事もなく、虚しさを抱える必要もないのだ。それは逆に、なぜ父は家を離れて都心部にマンションを買ったのだろうと、ハヤミに素朴な疑問を与える。

父は数年に一度、顔を見せるかどうかの生活を続けている。家の、お縁に腰を下ろすハヤミは、父の顔を忘れてしまう。お祖母さまの葬儀のあと、法事も終わり黒服姿の父が茶の間で一人、寛《くつろ》いでいた。嘘、とあまりにも驚いて、ハヤミは、自分が何をしたのかまったく覚えていない。腰が抜けて、他人事のような無口な父に呆れて、ハヤミは会話もなく時を過ごしたような気がする。

父は、

〝家督を譲る、あとは好きにしろ〟

と言って朝の登校のハヤミを玄関に見送り、それっきり姿を消した。代わりに、顔馴じみな弁護士が書類を前に、ハヤミを待っていた。父の言葉は本当だった。滅多に家に戻らない父はハヤミに家督を譲り、資産管理に携わる弁護士を後見人として、家に、寄こしたのだ。

お祖母さまに託されて父に差し出した鍵が、ハヤミの手に戻り、家の実印と共に事実上ハヤミは、十三歳で家を継いだ。とはいっても、あれから四年が経ち、高校二年になったハヤミには、その実感がない。出納報告に訪れる後見人に、すべてを任せっきりになり、家のことは、マキさんに頼りきっている。

町の動物病院で、

〝話し合われてください〟

と言われてハヤミは、困ってしまうのだ。

マキさんて、何だろう。と、思わず口から出てしまうほど、ハヤミは、虚しく動揺してしまうのだ。オキノケイスケが言ったようにマキさんは、学校の授業参観に、中学の三者面談にとよく面倒を見てくれる。それでもマキさんは家の家政婦で、肉親ではないと思い知らされるのだ。

「若君さま、お電話が入っております」

お縁の床に膝を突く、マキさんに電話の子機を差し出されてハヤミは、尋ねた。

「誰から」

と受け取る。後見人の弁護士からと名を聞かされてハヤミは、「ありがとう」を言って子機の保留を止めた。

「もしもし、ナオユキです。はい」

大人の話は嫌いだ。お世辞っぽい挨拶は特に短く願いたい。

「それでご用件は、何」

ハヤミは何か、あったかなと思う。

「はい先ほど、お電話をいただきまして、これからそちらに伺う次第《しだい》です」

そう聞かされてハヤミは、

「はい？」となる。バタバタ、ドシン！　と、電話の奥でハヤミの後見人が転げたようだ。

「痛、たた。あ、スマホ、どこ行った」

ハヤミは、ハッキリ言って世話を、焼きたくなる。頭デッカチで一人暮らしな、四十過ぎの、性格明るい兄ちゃん弁護士なのである。その後見人を慌てさせる人物といえば、〝父さん〟しかいないよな、やっぱり。

「あの、大丈夫ですか？　無理をしないでください、こっちが困ります」

と正直に言った。

「いえ、そういうわけにはいきません」

と電話の後見人の声が強気に返る。

「お父上様のお話では、トラブルに巻き込まれたようだと聞きました。ケンカ両成敗ですよ、何も若君様がお一人で責任を感じる必要はありません。相手側にも非があったはずです、事故の状況においては立場が逆転する可能性もあります。今後のこともありますので、そちらに向かいます」

「待て待て、ちょっと待て、切るなぁ」

と叫んでハヤミは、勘違いを訂正する。

「相手は森の動物だよ、白いカラス。森の動物を相手にどうやって弁護する気なの。もう」

ハヤミは、まったく世話が焼けると腰を上げる。

「動物病院から書類を渡されたから、それをファックスで送るよ。何もわざわざ来なくていいよ、獣医の先生がちゃんと手術してくれたし。先生の話では、動物園に、引き取られる可能性もあると」

そこまで言ってハヤミは、尋ねた。

「大丈夫」

「あははは、何かもう。そうですか、白いカラス、白い、しろ、シロい!?」

少し離した電話の子機から、驚きな声が流れた。

カラスは黒い、白いカラスなんてあり得ない。とか、何とか。珍種のカラスに驚くよな、まぁ。

「とにかく町の動物病院に行ってください。こちらから伝えておきます」

と、電話に言った。

「はぁ、白いカラス、ですか……」

と、電話の奥で息が漏れた。

「いえ、よく分かりました。とにかく書類を送ってください。それを見て確認した上で、充分に、検討したいと思います。はい」

と後見人の声を耳に、ハヤミは、「お手数をかけます」と言って電話を切った。

父さん、だよね、やっぱり。手の封筒から書類を出してハヤミは、ファクシミリの準備をする。ピッポパと番号を押す。しばらくしてつながるガイダンス音声に従いハヤミは、送信のボタンを押した。あとは機械が勝手にやってくれる。上の書類が紙送りに、吸い込まれて、ハヤミは、その場を離れる。終わるまで付き合うつもりはさらさらなかったのだ。

「わっ」

ハヤミは、フローリングを曲がったところでマキさんの体に前を、打つけたのだ。

マキさんは別に通せんぼをしていたわけではなく、壁の防犯モニターに少し、戸惑っている。

「あの、どうしましょう、アレを」

壁掛けのモニター画像に、ツガワセイイチロウと、初めて見る茶髪の女の子が、向かい合いに何やら言い合いっこを、しているのだ。ひとンちの門前で何をしているのか。

「話、聞いてくるよ」

ハヤミは玄関に、靴を取りに行く。玄関を通らずにハヤミは母屋を、裏の茶の間から、抜け出す。木陰に、ひんやりとした空気を感じながらハヤミは、裏の細道を行く。

「ニャーゴ」

という猫の声に、玉のように太った、トラ縞模様のゴン太である。

「お前、また太ったな」

腕に抱えるゴン太は場所を問わず、どこでも寝るのだ。隣の社《やしろ》で寝ていたり、そのまた隣の、湧水《ゆうすい》の無人神社の木陰で寝てたり。

「少しは運動、しろよな」

と、呆れる一方でハヤミは、ゴン太の身体をコチョコチョと指に、揉み解してやるのだ。ゴロゴロと喉を鳴らすゴン太は、百メートルほど先の、飼い猫である。家の周りがお気に入りで、いつも、潜り込んではグウグウと寝てる、変な猫なのだ。

二階建て家屋門の先では、声が続いている。

「あなたに何の権利があるっていうのよ」

と、ショルダー式の大きな学生鞄のようなバッグを提げる、茶髪の女の子に、

「大《おお》いに関係があるんだ。まずは謝ってもらおうか」

とセイイチロウが、一方的に、横暴に見えてしまう。

「あのさ」

ハヤミは家屋門の中ほどで、足を止める。

「ひとンちの前で何をやってるんだ」

口《くち》喧嘩ならよそでやってほしいと思う。セイイチロウが呆《あき》れて困った顔をする。茶髪を肩までボブの女の子がなぜか、期待の目を向けるのだ。

「お兄ちゃん」

うわっ、と身を避けてハヤミは今、とんでもない言葉を聞いた、気がする。

「だれ」

ラフな真夏の服装をした、少し低めの身長に、ハヤミが知る限りでは、中学生のような女の子である。締めたようなセイイチロウが、言った。

「墓地の女だ」

墓地、寺とハヤミは、セイイチロウを悩ませる〝墓地に現れる女の子〟を、思い出《だ》す。目的が分からない、とセイイチロウが捕まえると言ってた、女の子である。

「君、名前は。何て呼べばいい」

ゴン太から視線を上げる女の子が、言った。

「ツグミよ、アイハラツグミ。聞いたことない？　アタシのこと」

と自分の胸を手に示した。

「知らない」

と言ってハヤミは、自転車仲間の、名前を浮かべる。

「アイハラシンヤなら同級生にいるけど、シンヤの妹さん？」

「違うわよ、アタシは」

「フニャー」

興奮に嫌がるゴン太に身を引いて、女の子が〝待って〟と、手を前に示した。

「今、証拠を見せるわ」

大きな合成布製のバッグを引き寄せて、中をゴソゴソと探し始める。

Tシャツの重ね着にミニスカート、足元スニーカーの女の子はまるで、家出娘か旅行者のようである。

「どうなってるんだ」

とハヤミは、セイイチロウに聞いた。セイイチロウが軽く、答える。

「さぁな、理由も何も言わない。ただ、目的はどうやらハヤミ家に用があるらしい。丸一日泳がせた結果、ここにたどり着いた。そんなところだ」

ん？　とハヤミは、ますます分からない。

ハヤミは今日、昼過ぎからケイスケの家を訪ねて、動物病院に行ったのだ。

「その道筋でなぜ、会わなかったのだろう」

帰り道、中央を横切ったはずのハヤミは、セイイチロウと女の子の姿を見てないのだ。セイイチロウが言った。

「いったい、どの道を通った」

「懐かしい小学校の通学路をまっすぐ、家に戻った」

と言った。フムと考えるセイイチロウが、答えた。

「中央の中町、その少し先の町役場に行った。うちの寺からまっすぐにな。東の通学路ではかすりもしない。会えなくて当然じゃないのか」

と、ハヤミは、道が一本ずれていると、何となく理解したのだ。

「ところでハヤミ、胸のそいつは何だ、狸《たぬき》か」

「猫だろう、どう見ても」

ホレ、とハヤミはゴン太を前に出す。重い。

「ニャーゴ」

「フム。確かに猫らしいがコイツ、腹は出てるしオスだし、麦わら帽子に酒、持たせりゃ立派なタヌキだ」

アハハハと笑うセイイチロウをよそにハヤミは、ゴン太を見て、麦わら帽子に酒と、思い浮かべる。

「ああ、あの焼き物の、陶器のポンポコタヌキな。よく店先にある」

セイイチロウが、「ぎゃはははは」と一人で大笑い状態である。

「あのな。よそんちの猫に失礼だろう。なぁ」

ハヤミは腕のゴン太をコチョコチョとマッサージに、緊張を、解きほぐしてやるのだ。

「はい、終わり。ちゃんと家に帰るんだよ」

「ニャーゴ」

と一声鳴いたゴン太が、茶髪の、女の子の手をバリバリと、引っ掻いた。

「もう、何よあの猫。まるっきり狂暴じゃない。どうしてくれるの、この腕」

すでに、アイハラツグミの腕が、ミミズ腫れになっている。

「そうは言ってもね、あの猫、うちの猫じゃないよ。それに」

と、ハヤミは服に付いた猫の毛を、払いながら、告げた。

「手を出す君も悪いよ。あの猫はこの辺り一帯を仕切るボス猫だからね、見馴れないものには爪を立てる。気をつけた方がいいよ、見た目は猫でも鋭い爪と牙を持っているからね」

今ごろ気づいたセイイチロウが、言った。

「となるとあの猫、ゴン太か、ボス猫の。また太ったなぁ、あの猫。一年後には丸々と球のようになるぞ」

「その前に飼い主がダイエットさせるよ、足に負担がかかるから」

そしてハヤミは、茶髪の女の子に、待ったをかけられていたと、思い出《だ》す。

自分の腕に薬を塗るアイハラツグミは、バッグの外ポケットから紙とカードを出した。

「見せて、君が言ってた証拠というものを」

「自分で見てくれる。今、手が離せないのよ」

女の子に言われて受け取るハヤミは、小型バイクの運転免許証に一枚の写真に、切り抜きプリント記事の文字に首を振る。

外交書記官、一時帰国とある。

「セイイチロウ、コレ、気づいてた?」

お祖母さまの葬儀会場に日時が記された、ネット新聞のコピーだった。

「いや、今初めて知った」

と言ってセイイチロウが、写真を示す。

病室の入院患者と見舞い人の写真だ。

「これ、お前の父親に、母親だろう」

穏やかな温もりのある、見舞い人の顔立ちにハヤミは、若き父の顔を初めて見る気分だ。一緒に写る女性は和装の寝間着に羽織を重ねて、赤子を腕に抱き〝はい、笑って〟という写真だ。

「父さんは、たぶんそうだ。でも母は、よく分からない。角隠しの写真しか見た覚えないし、どうだろう。自信がない」

写真を裏にして、セイイチロウが、言った。

「見ろ、名前だ。この写真は間違いなく、お前のご両親の写真だ。良かったな、親子水入らずの写真が手に入って。うんうん」

しかしハヤミは、両親の名前だけで自分の名前がどこにも記されてないのが、不安だ。

「なぜ、子供の名前がない」

「それは、アタシよ。勘違いしないでよね」

と、アイハラツグミが言った。

「君の誕生日はこの、小型バイクの免許証で、間違いないのかな」

と、セイイチロウが聞いて、

「そうよ、アタシの生年月日に間違いないわよ。それがどうしたのよ」

と、ツグミが言った。

「偶然にして同じ生年月日とは、珍《めずら》しいものだな。乙女座生まれの、お二人さん」

セイイチロウに言われて「ん？」とハヤミは、カードを受け取る茶髪の女の子を見る。自分と同じ生年月日、ということは……。高校二年……とは、思えない中学女子のガキだ。

「まさか双子なの、アタシ達」

と、茶髪のアイハラツグミが言った。

「それも違うな。むしろなぜ、君は写真の赤子が自分だと言える。オレはそこが知りたい」

とセイイチロウの得意満面な笑みが、ハヤミは少し、引っかかる。

「何かあるのか」

「まぁね。あの女がそれを知っているとは、とても思えない。写真の赤子は間違いなく、お前だよ」

と言って、セイイチロウが口元を隠して、

「見舞い客の親父さん、スーツの下に毛系のベストを着ている。そばにコートらしきものもあった。つまりあの写真の赤子は間違いなく、体が弱く未熟児で生まれた、お前の写真だよ」

とセイイチロウが得意気にクスッと笑う。

「あの女は寺で預かる。写真うんぬんの前に、墓に出没した、迷惑女だからな。それ相応に謝罪の意思を示してもらわなければ、市内の墓地騒動に巻き込まれた、寺の連中が黙ってはいないだろう。本人はまだ、騒動の渦中に自分がいるなど微塵にも感じてないようだがな。知らぬが仏だ、しばらく放っておこう」

と言った。

「そうだな」

ハヤミは、写真を眺めるアイハラツグミに、現実を知らないとは恐ろしいことだと、思った。それにしても、

「なぁセイイチロウ。あの子、自分が父さんの子だと、思い込んでいるんだよな。お兄ちゃんて、そういう意味だろう」

「まぁ、そうだな」

と言って、セイイチロウの目が合う。

「どういう事情なのかは分からないが、ある程度の仮説は立てられる」

「お祖母さまの葬儀会場か」

ハヤミが思い当たるのは、父の一時帰国が引き起こした、今回のトラブルである。

「まぁな。あの写真をどうやって入手したのか、それは分からないが、あの写真の裏に書かれた親父さんの名前に、四年前の一時帰国がつながった。葬儀は決まって、生前、暮らした場所か隣町かその周辺で行なうものだ。いろいろと手続きが、面倒だからな」

とセイイチロウが少し、笑みを見せる。

「ハヤミのお祖母さまの場合は人数が多すぎた。市内で一番広い会場だったが入り切れずに、外で、待ってもらったほどだ。しかしまさか親父さんの一時帰国がネット新聞で流れたなど、誰が思う。逆に、中学一年だったお前が喪主《もしゅ》を務めるなど誰が思う。と、まぁ昔の話はどうでもいい。要は、市内の会場で葬儀を行なった。つまりあの女が市内の墓地を見て回り、探ってた理由も、そのまま頷ける」

と言って、セイイチロウがハヤミを見た。

「あの女の目的は、ハヤミ家だ。それも自分がハヤミ家の娘だと思い込んでいる以上、このままにはしておけない。動かぬ証拠をつかみ、ギャフンと言わせてやる。ハヤミ、お前は親父さんに連絡を取ってくれ。超我《わ》が儘《まま》で身勝手な親父さんだが、娘が現れたとなれば話は別だ。ヒントの一つや二つ、何か言ってくるはずだ。それを聞き逃すなよ、オレはあの女のせいでここ数日、まともに寝てないんだ。嫌だろうが何だろうが、オレの安眠のために協力しろ、分かったな、ハヤミ」

セイイチロウの勢いに負けてハヤミは、

「うん、分かった」

と、セイイチロウの肩に、ため息をついた。

あの父さんに、連絡を取る。ハヤミは一日に二度も電話を、入れることになるとは、思わなかった。

「オレに任せろ」

と、セイイチロウは、ハヤミが欲しい言葉をつぶやいてくれる。

〝自分で決めなさい〟

〝好きにしろ〟

そんな中でただ一人、セイイチロウだけはハヤミを、助けてくれる。

「あとで、電話する」

「ああ、無理はするなよ。親子ゲンカなど、それこそ町の連中が不安になる。お前に妹がいるのかどうか、それだけ聞いてくれ」

セイイチロウに言われてハヤミは、気が楽になる。

兄妹《きょうだい》か。ハヤミは何も、気に病む必要もなかったのだ。ハヤミの前でセイイチロウが、茶髪女に、

「寺に帰るんだ。それとも警察に行くか、うちの墓地で、不審者を捕まえましたと大事《おおごと》に、することもできるんだ。町役場でオレが〝ゲームです〟と、声をかけてなきゃとっくに警察が動いてる。そこを穏便に済ませてやろうと言ってるんだ。四の五の言わずについて来い」

強気なセイイチロウに言われて、茶髪のアイハラツグミがシュンと、おとなしくなる。

ため息をついたセイイチロウが、

「じゃな、ハヤミ。門前を騒がせて、悪かったな」

と、言った。

「ああ、気をつけて帰れよ」

と、夕日に照らされた私道を歩く、二人の背中を見送り、顔を引っ込めた。

ハヤミは、茶の間に用意された夕飯を前に、マキさんから事情を聞かれて、

「うん、ちょっとね」

と言葉を濁した。

一人で取る夕食を咀嚼に、ハヤミは、空腹な身体に食べものを、送る。インゲンに里芋、人参。醤油味の一口《ひとくち》ステーキを咀嚼《そしゃく》に堪能してハヤミは、お吸い物をいただき、箸を置く。

美味しくいただきました。ふう。と、気を楽にしたところにマキさんが、食後のお茶を運んでくる。

いつもと変わらないマキさんの、様子にハヤミは、自分に妹がいるのかどうかと何気なく、聞いてみた。

「はい？」

と、間の抜けるマキさんの答えは、サラサラとした笑みに流れる。

「お淋しい気持ちはマキにも分かっております。ですが嫡子様は、若君さまお一人にございます。他の女性にお子様を求められた話など、マキは、聞いた覚えもございません」

と、五十代に近いマキさんの話は高校生のハヤミの、心に、否応無《いやおうな》しに響く。

マキさんは、いつも自然にそこにいた。〝若君さま〟と、当たり前のように声をかけてくれる。ごく自然にハヤミのそばに、付き添ってくれる。そのマキさんが〝そうだ〟と言うのなら、そうなのだろう。

ハヤミは食後のお茶を一口、喉に通す。

こくりと飲み込む温かな、緑茶の香りにホッとする。

「あのね、マキさん。父さんて、どんな人かな」

ハヤミはこれまで疑問に感じながら、それでも口に出した覚えはなかった。

「聞かせてくれるかな、いろいろと。自分の両親なのに知らないことが多くて。その」

いざとなると言葉が続かない。長年のギャップというか、恐いもの見たさ。踏み込んではならない大人の話にハヤミは、「やっぱりいい。父さんに電話する」と言って茶の間を離れた。

父さんに、電話をする。

〝兄妹がいるのかどうか〟、一呼吸に、ハヤミは父に、電話をかける。父は、どんな反応をするだろう。呆れる。怒る。無言に電話を切る。それとも……、分からない。ただ一つ言えるとすれば無関心。ただ、それだけだった。

「あ、父さん。カズマサナオユキです」

「何だ、早くしろ」

と言う父の声にハヤミは少し、間を置いて、尋ねた。

「嫡子のボクに兄妹《きょうだい》はいますか」

照明に当たるフローリングの木目が、やけに、眩しく感じる。怒っている、呆れている、電話を切る。無関心な父は今、何を考えている。

「……に会って来い」

えっ？

「待って、父さん。今、何て」

何て言った。

ハヤミはしっかりと、耳を澄ました。

「マナミおばに会って来い。じゃな」

ピッと、通話が切れた。マナミおば。おばさん……て、だれ。

親族、縁者に、おばさんはたくさんいる。はしから当たるなど面倒だ。

「マキさん」

姿を探してハヤミは、台所のマキさんを目にする。男子厨房に入らず。

「マキさん、ちょっといいかな」

家の〝しきたり〟に、ハヤミは、顔を出してくれたマキさんに、父の言葉を伝える。

マナミおばさん。

「ちょっとね、自分に兄妹《きょうだい》はいますかと聞いたら、そう、言われた。父さんが言った〝マナミおばさん〟に、心当たりある」

「そうですねェ」

考え込むマキさんが「あ」と言った。

「もしかしたら」と、台所の押し入れ引き戸を開《ひら》いた。ダイニングテーブルの椅子を足場にして、押し入れの物置きをゴソゴソと。

マキさんが年季の入った贈答箱を手に、手前に下りる、椅子の上に、置いた。

「何分《なにぶん》にも古い話なので、少々お待ちください」

背中の、マキさんの手元が気になる。ところだが、仕方がない。

「茶の間にいるから」

と言って、ハヤミはその場を離れる。


半渡り廊下を歩いて入る、茶の間の風に誘われて、ハヤミは、裏の窓際に腰を下ろす。薄闇色に染まる網戸に昆虫が、屯《たむろ》する。高校生のハヤミは興味もなく畳に背をつける。マナミおばさんて、誰だろう。身体を反転に、うつ伏せになるハヤミは、畳の上で、足をバタバタとクロールの真似ごとに腕を回す。と、やりにくい。先週はスクールを、休んだからなぁ。今日は金曜で、明後日が日曜のスイミングスクールの日。月曜を飛ばして火曜日に、山小屋の大掃除。と、カレンダーに記入してハヤミは、のんびりできそうに見えて、結構、予定が入るものだと思う。ん、〝マナミおばに会って〟て、明日の土曜しか組めないじゃないか。先週の日曜は筋肉痛で、スイミングスクールを休んで続けては、失礼にあたる。今日が水曜だったらなぁ。と、無理か。時間は待ってくれない。だからこそ今、できることを先にやっておく。予定を書き入れてハヤミは、八月盆の準備の予定を繰り上げて、早目に用意を始めた方がよさそうだと、思った。

「若君さま、分かりました」

マキさんが元気良く言って、茶の間のテーブルに着く。

「昨日の昼すぎあたりに少し、懐かしく思っておりましたので」

マキさんが〝若奥さま〟と、ハヤミは久しぶりに恥ずかしい言葉を耳にする。体が弱く、ハヤミが一歳を迎える前に他界した母を、マキさんは〝若奥さま〟と呼称している。改めてマキさんの口から〝若奥さま〟が、と聞くのはなぜか恥ずかしい。

「里帰りをなされて若君さまの、ご誕生を知らせていただいた方が、若奥さまの、お姉さまの、マナミさまでございます」

マキさんが広げて見せてくれる古いノートに、黒インクで〝若君さまご誕生、千九百グラムの嫡子さま〟と、日記風に当時の様子が事細かく書き込まれている。

「マナミさまからお電話が入りまして、それはもう奥さまが〝今すぐ用意なさい〟と申されまして。旅《たび》路《じ》のお支度の間中もずっとソワソワなされて、携帯電話に、電子メールで連絡をなされたりと秋の紅葉《こうよう》にはまだ早く、お名前……」

マキは夢中になって話していたので、若君が手を動かされているのに気づいて、

「すみません」

と恐縮するのだった。

ハヤミは、ようやく気づいてくれたマキさんに、尋ねた。

「それで、マナミおばさんて、誰」

「はい」と返事にマキさんが、次に出してくれたものは、一枚の古びた年賀状だ。

「若君さまがお気づきになられないのも、致し方のないことだと思います。その年賀挨拶を最後にお付き合いが途絶えてしまわれて、ご息女のカズミさまだけは年に一度、お見えになられて。最後にお顔を拝見できましたのは、四年前でございましょうか。若君さまがハヤミ家を受け継がれました〝継承の儀〟の折におそばで、ご雑談をなされておられたかと」

マキは、茶の間のテーブル席を静かに、移動する。

「もう」と腰を上げて考える。

ハヤミは、〝ユキ兄〟と、すぐに懐《なつ》かれてしまった〝従妹のカズミ〟を思い出《だ》す。回りくどい。それならそうと早く言ってほしい。

「マキさん」

とハヤミは、マキさんに伝える。

「明日、従妹のカズミの家に行く。カズミのオバさんにそう伝えて。頼んだよ」

そう言ってハヤミは夜の入浴に直行する。

だいたい、〝おばさん〟としか、言った覚えがない相手の名前をイチイチ覚えているわけがない。二歳年下のカズミは〝うちの母さんがね〟としか言わないし、おじさんは〝うちの家内がね〟で、勝手に話が進む。

いつの頃だったか小さな女の子が一人、ヒョッコリと、現れた。お祖母さまに〝従妹のカズミちゃん〟と紹介を受けて、ハヤミは、そのまま従妹のカズミとして頭に、インプットしていた。

ブクブクと、湯船の縁《ふち》に腕を乗せる。

マナミおば、ねェ。

なぜ父は〝カズミの母親〟と言わずに〝マナミおば〟と、言ったのだろう。従妹のカズミと言ってくれれば、すぐ、分かったのに。ハヤミはまた一つ、父との間にズレを感じて、少し、回りくどい言い方をする父に軽く、弄《いじ》られた気分だ。

ブクブクと、潜水から顔を出してハヤミは、古いノートに跡取りの嫡男という文字はあったが、どこにも〝双子〟の、第二子を思わせる文字はなかったと、思い出《だ》す。

明日、カズミの家に行けば、もっと、ハッキリするだろう。お風呂の椅子に座るハヤミは、鏡に映る胸元のペンダントがキラキラと輝いて見えて。セイイチロウを思い、電話連絡をと、手に馴染ませたシャンプーで黒髪を、洗い始めた。

シャンデリアのような中を、ハヤミは下りのエスカレーターに足を進める。

セイイチロウは本当に、来るのだろうか。昨夜の電話連絡にセイイチロウは、従妹のカズミの家に〝オレも行く〟と言った。マキさんに頼んだ先方への電話連絡に、ハヤミは朝の買物客と同じ時間帯に移動をする。

今回は、急に決まった遠出に、手土産は、鉄道コアステーション横の地下フロアで、郷土の〝お菓子の詰め合わせ〟を、購入する。

「ありがとう」

受け取る紙袋に、ハヤミは、マキさんから渡された〝挨拶状の洋封筒〟を入れる。腰の低いマキさんは、こういう気配りだけは忠実《まめ》である。

まぁ、挨拶状に何が書かれているのか、そこまでは知らない。大人同士のやり取りにハヤミは、首を突っ込む気はさらさらないのだ。

鉄道のコアステーションに戻るハヤミは、キップ売り場でピポパと電子手続きに、新幹線の乗車券に特急券を受け取る。改札の有人通用口で、駅の職員に、チケットを見てもらう。

「……はい、結構です」

「乗り場は、どこです」

ハヤミは自分で、探すのが面倒なのだ。フムと渋り顔の駅員の、指し示す道順を、聞いてハヤミは、お礼を告げる。

「ありがとう、行ってきます」

中学の、修学旅行以来の遠出に、ハヤミは、ワクワクしながらプラットホームを目指す。

構内の売店にハヤミは、お弁当を見る。ハヤミは先方への手土産ばかりを気にして、自分の、お昼をすっかり忘れていた。洋風、和食に郷土料理のお弁当を前にハヤミは、嬉しい迷いに困ってしまう。

「これを、お願いします」

ハヤミは、こういう機会でもない限り、駅弁など、滅多に口にできないのだ。

「どれを買った」

と、ラフな格好のセイイチロウが袋を眺き込み、言った。

「おばちゃん、これとこれとそれ、早くね」

夏の帰省を前に駅の構内は人影も疎《まば》らで、少し離れた場所で茶髪のアイハラツグミが待ちぼうけな、疲れた様子を見せる。


ハヤミは、昨日の茶の間を思い、マキさんが見せてくれたノートに第二子を思わせる記帳はなかったと、思う。しかしそれは逆に、ハヤミの両親が写る病室の写真を、なぜ、アイハラツグミが持っているのか、疑問が残る。それもカズミのオバちゃんに聞けば分かるとハヤミは、到着時刻を夕刻に合わせて家を出たのだ。

「本当に来るとは思わなかったぞ」

「もののついでだ、行くぞ」

セイイチロウが言った。

従妹のカズミの家は上り新幹線の特急で、片道四時間はかかる。その間、本を読んだりおしゃべりをしたりゲームをしたりと、窓際シートのセイイチロウを相手にハヤミは、実に一般的に過ごす。ハヤミは、悪いと一人、車両のトイレで用を済ませて手を洗い、ホッと一息吐《つ》いた。

「ねェ」

と、車両のデッキから現れた茶髪の、アイハラツグミに、ハヤミは、目を止める。うつむき加減なアイハラツグミは、茶髪を揺らして新幹線の車両に身を引っ込めた。ハヤミは仕方なく数歩、足を運ぶ。

「何」

ハヤミは通路脇の壁に、背を凭《もた》せた。話しにくいのか乗車口の壁に沿うアイハラツグミは顔を、うつむかせたままだ。

「本当なの」

と、アイハラツグミが首を振り、続けて言った。

「その、自分の両親なのによく知らないって昨日、寺で話を聞かされて。知りたいと思わないの、自分の親がどういう人なのか。何を考えてこれまで生きてきたのか。何も知らずに生きていける人間《ひと》なんていないと思うわ。だから教えて、アナタが本当は何を考えているのか。でなきゃアタシ、納得できない」

うつむき、否定的なアイハラツグミに何を、言えばいいのか。

「あのさ、君。自分の〝やりたいこと〟とか何もないの」

と、ハヤミは、ポカンとした顔のアイハラツグミに困り、伝える。

「何があったのか知らないけどさ、まずは自分のこと、よく考えた方がいいよ。気づいた時はお婆さんだった、なんて自分の人生、真っ白に終わらせたいのなら君の勝手だけどさ。やりたいことをやって好きに生きれば、それで充分だよ。それ以外に何かあるの」

うつむき加減に息を吐《つ》くアイハラツグミにハヤミは、はっきり言って、めんどくさい。

「まずは、いろんなことに首突っ込んで、試しにやってみるところから始めてみては。意外に食わず嫌いしてた自分に気づいて、楽しいこと、沢山《たくさん》になると思うよ」

それじゃ、とハヤミは、よく分からないアイハラツグミを残して、手元に夢中なセイイチロウの隣に、腰を下ろした。

「何かあったのか。顔が不機嫌だぞ」

車窓を背にスマホ片手のセイイチロウが言った。

まぁな。とハヤミは答える。

「昨日……、あのアイハラツグミと。昨日、父さんに連絡してくれと言ったあとに何の話をした。何かさぁ、イジケてる感じでめんどくさいぞ。寺で何か、あったのか」

「ん、そうだな。ちょっとな」

と言ってセイイチロウが、少し気にして、答えた。

「あの女、自分を悲観的に考えて、思い込みが激しくてな。何でも高校受験を失敗して、それで友達を失って両親を問い詰めて。入試の願書に必要だという書類も、……役所でトラブルがあった。それが原因で友達が離れて入試に集中できずに、高校浪人の生活を続けている」

セイイチロウはペットボトルの水を、飲み込んだ。

ふう、と言ってセイイチロウが、先を続ける。

「つまりだな、家庭の事情ってやつだ。両親だと思っていた二人が実は、縁もゆかりもない赤の他人で、唯一の手がかりが例の写真一枚。だがしかしな、ハヤミ」

と言ってセイイチロウが、一呼吸置く。

「名前入りの写真があるなら、とっくの昔に調べがついているはずだろう、大人はそこまでバカじゃない。お前の親父さんが何も説明せずに従妹のカズミの家に行けと言ったのは、そこに見て欲しいものがあるからだ。もちろんお前にだぞ。里帰りでお前を産んだとなれば、そこにいろいろと残されてるはずだからな、当時の日記とか写真とか」

と言って、

「とにかく理由は何であれ〝もののついで〟だ。お前の誕生秘話が聞けると思えばこそオレは、こうしてここにいる。でなきゃ誰が窮屈《きゅうくつ》な思いして新幹線の自由席など座るか。次は絶対グリーン車両の個室にしろよ、足をどう処理すればいいのか、置き場所に困る」

狭いシートにセイイチロウが言った。

フムと考えてハヤミは、アイハラツグミの話を又聞きに〝家庭の事情ねェ〟と思う。

十世帯あれば十個の、違う家庭の事情がある。そんなものにいちいち構っていられない。家庭の事情は家庭内で解決するべきだ。助けを求められて初めて、他人が関与できる。と、まぁ近所付き合いの初歩的なルールみたいなものだ。話に聞いたからと飛び込んでは嫌われる。本人から直接、話を聞くまでは、何もできない。アイハラツグミが話してくれるまではただ、話を聞いたとしか言えないのだ。

〝何で話したのよ〟

〝笑いたければ笑えばいいわ〟

と、余計なお節介になり兼ねないのだ。

お節介といえば、ケイスケの弟くんが……。

「なぁセイイチロウ、西の洋館の存在をどう思う」

とハヤミは言った。ポカンとなるセイイチロウが、呆れ顔に答えた。

「何だ藪《やぶ》から棒に。昨年の春、シノブに入学祝いを突き返しに行って、懲りたはずだろう。それにオレは、近づくなと言った。黒い靄《もや》のかかったあんな不気味な洋館に用もなく、誰が行くか。散歩中の犬や猫も近づかない、それはお前が一番よく知ってるはずだぞ」

と、スマホを片手に言った。

「そう、だけどさ」

と言って、フムと考える。馴染めず肌に合わない、西の洋館に。何を考えてるのか分からないイケガミシノブの、嫌な笑みに、ハヤミは吐き気を覚える。気持ち悪い。

「ほらみろ、だから言わんこっちゃない」

ゲームをしたスマホを放り出してセイイチロウは、車酔い状態のハヤミを、介抱する。握るハヤミの手が、冷たい。胸にお守りの護符を持つハヤミが、車酔いを起こすはずがない。

西の洋館。

どうやら外から受ける波動の異変ではなく、内面からくる、拒絶感の現れのようだ。

「少し我慢しろ」

セイイチロウは、無防備なハヤミの背中に自分を、落ち着かせる。寺の〝お祓い〟では、少し、やりすぎた。己の中にある光の同調にセイイチロウは、〝ウン〟と送り込む。一瞬、揺れたハヤミの肩が力を失い、崩れる手前を、受け止める。仕方なくセイイチロウは、力が抜けたハヤミを、座るシートに腰を預けて、肩に、支える。こんなことがいつまで、続くのだろう。

手を、濡らすハヤミの大量の汗に、寺の〝お祓い〟を思う。やはり少し、やり過ぎたようだ。ハンドタオルに汗を押さえて、拭き取る作業に、ハヤミが、何となく目を覚ましたようだ。

「気分はどうだ、身体は寒くないか」

ハヤミは、「暑いくらいだ」と言った。

「そうか」

とセイイチロウは、ハヤミに呆れて言う。

「それにしてもお前、まだまだ軟弱だな、内なる己の精神力が。いったい、いつになれば自分の感情を素直にコントロール、できるんだ」

ハヤミは内なるコントロールに、まだ己を掴めない。

「無茶を言うな。これでも精一杯、努力しているつもりだ。自分を保ち続けるなんて水に溺れるようで逆に、手放した方が楽になれる。と、言ったら怒るだろう……」

「当たり前だ」

セイイチロウは、どこまでも甘いハヤミに、

「今すぐ鍛え直してやる」

と言った。わっと逃げるハヤミが立ちくらみを起こし、セイイチロウの腕の中で「もう」と、言った。

「分かったから席に戻れ」

と、ふらつくハヤミを支えて座席に、座らせる。天然無垢な、ハヤミの存在が、神子《みこ》のような媒体に、さまざまな感覚を受けてしまう。人込みに酔いやすいハヤミには、胸の護符が絶対必要になる。しかし身体の内側から、込み上がるさまざまな感情に対しては、ハヤミ自身のコントロールにかけるしかない。

セイイチロウは、ハヤミの隣に腰を下ろして取り出す一枚の紙きれに、己の内なる光の鼓動を、吹き込む。

それは形をなして一匹の、子猫になる。

「ほれ、こいつを抱いてろ」

と言って、ハヤミの膝に白い子猫を、置いた。

「ニャー」と鳴く猫の存在に、ハヤミの手が、ゆっくりと動く。セイイチロウは、ハヤミを騙すようで

あまり、気が乗らない。しかも、人の目がある新幹線の中だ。通路側シートのハヤミが見せる、あるはずのない仕種《しぐさ》に人間《ひと》は、変に思う。

しかし今は、そうも言っていられない。ハヤミの気を他に移して、内なるものに呑み込まれないように気分転換を、させる必要が、あったからだ。

「それで、さっきはなぜ、西の洋館なんか、話に出した」

セイイチロウは、白猫を相手に夢中になるハヤミに、聞いた。

「洋館のシノブとまた、やり合ったのか」

子猫の喉を指でコチョコチョと、あやしながら、ハヤミは、答える。

「家に、シノブが来た」

「何でまた」

セイイチロウは、適切な言葉が見つからずに頭《かぶり》を振った。

「何もなかったよ。あの時は、白猫のタマに助けてもらったし、何もなかった。おとなしく帰ってくれたし」

とハヤミは子猫を、あやしながら、

「あいつ、何をしに家に来たのだろう」

と不思議そうに言った。

「知るか」

セイイチロウは、東のハヤミ家の土地を思い、異質なものを排除したのだろうと、思いつつ、

「それで」

ん？　と間の抜けるハヤミに、じれながら、

「それでなぜ、西の洋館が出てくる。何かあったのか。お前に洋館のことを口に出させるほどに」

と、セイイチロウが言った。ハヤミは少し、考えた。

「西の洋館を丸ごと一軒、お祓いをする、なんて、可能なのか。払いたまえ清めたまえ、みたいな〝お祓い〟が、西の洋館を丸ごと一軒、できるのかとケイスケの弟くんに、聞かれた」

セイイチロウは危うく舌を、噛みそうになる。

「それでお前、安請けに〝できる〟なんて、言ってないだろうな」

「それはない」

と首を振るハヤミが、続けて言った。

「館の主《あるじ》を誰が説得するのか、と言って話はあやふやになったし、それに、ケイスケに話を白紙に戻して欲しいと言われてそれっきり。昨日の今日で何の進展もないよ」

昨日。セイイチロウは、オキノケイスケにその弟くんと聞いて、ハヤミがマキさんの胡麻豆腐をオキノケイスケに届けると、言っていたことを、思い出《だ》す。それで、お祓いをね。

「お祓いをする、となると五人、いや六人は法力を扱える人間が必要になる。すぐには無理だ。塾の連中や先生方の都合もあるし。話を通してもいいが、いつの頃になるのか、見当もつかない。西の、イケ

ガミ家の洋館といえば、民間の、新興住宅地の十軒分はあるからな。逆に無理だと断わられる……」

子猫を相手に夢中になるハヤミは、まったく人の話を聞いていない。しばらく、放っておこうとセイイチロウは、セーブしたスマホを、手にする。天然のハヤミはいつも、何かに夢中になる。ハヤミが夢中になっている間はいい。それが勉強だろうと水泳だろうと、子猫と戯れていようとハヤミは自分を、保っていられるからだ。

今だけは好きに、させておこう。その方が楽だと、セイイチロウは少し、呆れ、微笑ましく思うのだった。


茶髪のアイハラツグミは新幹線の、通路を挟んだ先の、二人の様子をジッと見る。ツグミは、ハヤミの「もう」という異変に一瞬、席を立つが、寺の、ツガワセイイチロウの手前、何もできずに元のシートに一人、腰を戻した。何をしてるのかしら。

寺の住職はツグミの話を、聞いてくれた。しかし、二階建て家屋門の大きな、ハヤミ家の話には首を振った。

〝ワシの口からは何も言えない〟

寺の住職の口は固く、写真に写る人物が日本不在の今は、何も話せないと。それではツグミが納得できない。

両親は、偽りの家族だった。それまでの人生が一瞬にして、打ち砕かれたのだ。ものすごく、孤独だった。不安だった。すべてに裏切られた気分だった。

「あなたに何が分かるって言うのよ」

ツグミはただ一人、孤独に泣くことしか、できなかった。

そこに現れたのが寺の息子の、ツガワセイイチロウだった。住職を呼び付けて、離れた二人の会話に、

「親父さんがそう言ったそうだ」と、耳にする。

「そこに何があるのか確かめてくる」という、息子の声、言葉に住職の〝ハヤミ〟と、いう会話に、ツグミは「一緒に行くわ」と、叫んだ。

ツグミは、わけも分からずに、焦りから「連れてってよ」と口走っていた。一晩、経って、ツガワセイイチロウが、「自分だけが不幸だと思うな」と言った。

「何よ」と頭にくるツグミに、見分けのつかない双子の弟達が言った。

「ハヤミのユキ兄は一人だよ」

「父親は顔すら見せないし、仕事で海外に行ったきりだ」

双子が見つめ合い、「イチ兄が呆れるのも無理はない」と、ハモリに言った。

アハハハと笑う双子は早朝の掃《は》き掃除に、お手伝いにと走り回る。住職にセイイチロウは本堂の、お務めに、アイハラツグミは一人、虚しさを感じた。

新幹線の車窓に、アイハラツグミは、触れられない壁を感じる。タクシーでの移動中も、駅の構内で

もセイイチロウは、「行くぞ」と言って、素知らぬ態度を続けた。

まるで監視されているようでツグミは、ツガワセイイチロウを冷たく感じる。墓地の、墓石に刻まれた名前を探してツグミは、悪いことをしたと反省はしている。でも、冷たく退け者にされては気分が悪い。

そっちがその気ならとツグミは、新幹線の通路向かいに座る、ハヤミナオユキを見る。一見、ピエロパフォーマンスのような、あどけない仕種に〝かわいい〟と思いながらツグミは、何をしてるのだろうと、不思議に思う。まるでそこに〝何かいるような〟パントマイム。

ん、と前を塞がれて、

「お隣、よろしいかしら」

と、サングラス姿の女の人が言った。

「どうぞ」

三人掛けシートの自由席に、「ありがとう」を言って女の人が座り、ツグミは、仕方なく車窓を眺める。何もわざわざ、隣に来なくてもいいじゃない、と思う。そこに男の声がした。

「自由席で座れるとは、運がいい」

と、男の人が女性の隣の、通路側に腰を下ろしたのだ。

「当然よ、私を誰だと思っているの」

「仕事の鬼。関西に行くと急に言うんだもんな、人使いが荒いよ、まったく」

窓側のツグミは、知り合いだったの？　と車窓に向かって呟き、一人、つまらなく感じた。

新幹線の乗り継ぎにツグミは、ツガワセイイチロウの背中に、付いて歩く。何で、関西止まりなのよ。

何で、東京まで直通に乗り換えなかったのよ、博多で。

アイハラツグミは一人、ブスッと、プラットホームで待ちぼうけになる。

「猫がいる。あのお兄ちゃんの肩の上」

と、小さな男の子が言った。

猫って、そんなバカな。

ツグミは、「ホホホホ」と愛想を振りまくオバさんを見る。

「もう、バカなこと言わないでちょうだい。二度と連れて来ないわよ」

と、手を引かれる男の子が、見つめる先には新幹線を待つ乗客のみで、どこにも〝猫〟なんていないのだ。

駅のプラットホームに猫がいたら、それこそ駅の職員が補まえようと、大騒ぎになっている。

白く大きな車体が横に流れて、たり、停まったりする新幹線に、乗降する人の流れ。それ以外に猫の姿はおろか補物騒ぎもなく、アイハラツグミは、セイイチロウの姿に続き、白い車体に乗り込む。

関東に向かう車両内はほぼ、満席に近くて、見た目に座れそうもない。踵《かかと》を返してツグミは、車両の乗車口を肩に、車窓を眺める。窓に、反射して映る自分の顔が、疲れた、オバさんに見える。

髪は元々、黒髪を勢いにヘアカラーで明るく、茶色に染めたものだ。少しでも気分を明るくして気を、紛らわせたくて、偽りの自分を作った。

全然、似てないのね。

ツグミは、ハヤミナオユキの明るい顔を思い重ねて、まったく似てない自分の顔が嫌《いや》になる。

「おい」

と声をかけられ、ツグミは、ツガワセイイチロウに腕を取られて車両の通路を、奥に足を進める。

ほぼ満席状態の車両内を、セイイチロウがお構いなしに、どんどん歩いて行く。

「ちょっと、どこに行くのよ」

車両扉の壁に記された、指定席の文字。

嘘でしょ。

その扉を開けたツガワセイイチロウが、「付いて来い」と言ったのだ。

ムスッとしながらツグミは、偉そうな態度のセイイチロウに黙って、付いて歩く。自由席とは違って、息苦しさがない。でも、その指定席に座るためには専用のチケットを購入する必要が、あるのだ。その指定席券もなく専用車両に入り込むなんて、〝バカじゃないの〟と、思うのだ。

「車掌さん、こいつの分も」

と、ツガワセイイチロウの姿が消えて。ツグミの前に制服を着た、鉄道会社の男の人が現れたのだ。

「失礼しました」

「あ、君」

声をかける間もなく女の子に、逃げられてしまい、車掌の困り顔が少年を見る。女の子はツグミで、少年はセイイチロウである。

「お連れ様、ですよね。どうします」

聞かれてセイイチロウは、さすが墓地の神出鬼没、逃げ足だけは早いと感心する。

「すみませんがアイツの分は忘れてください。現地合流で間に合わせますので、お手間を取らせてすみません」

と、車内業務の車掌にペコリと頭を下げた。渋り顔を、まぁ、と緩めて車掌が、

「良い一時《ひととき》を。それでは」

と、軽い笑みに立ち去ってくれたのだ。

それにしても、あの女、頭にくる。逃げ回る、アイハラツグミの性格は、墓地に出没する女の話を聞かされた時から、すでに、分かっていた。人にものを尋ねて頼る性格ならば、何も、墓地の見回りなどする必要もなかったからだ。厄介な、女を抱え込んだ気分にセイイチロウは、ハヤミの肩の猫にカチッと歯を鳴らす。

「ニャー」

と肩の子猫が愛らしく、かわいい顔をする。

まさか〝見える人間〟が現れるとは、思わなかったのだ。プラットホームでの出来事は、予定外だっ

た。そのため、車内業務の車掌に声をかけて空席を探してもらい、指定席を確保したのだ。

「まだ、怒ってるのか」

乗り換えプラットホームでの一件にハヤミはムスッとして、玄関のお侍と同じかよ、と言った。そして少し虫の居所が悪いのだ。

「もう。お前が変なこと言うし。そりゃ冷静になってみれば分かるよ、誰も咎めなかったし。しかしな、他の奴に気づかされるなんて気分悪いし、対応に困る。すねたくもなるさ」

と言った。

「そう。じゃあコイツはもう、いらないよな」

と、セイイチロウが子猫を自分の膝に、置いた。

「ニャー」

と鳴く子猫を相手にセイイチロウが、

「悪いな」

と言った。

ホイッと手に取り、ハヤミは、自分の肩に子猫を乗せる。

「何か条件があるんだろう、こいつ。無理しなくていいよ、別に嫌でもないし。なぁ」

と、素直に広がるハヤミの笑みにセイイチロウは、手のかかる奴だと思った。ハヤミはふと、子猫が欲しくなる。

「なぁセイイチロウ。この子、ずっとそばに置きたい。無理かなぁ」

「はぁ？」

とセイイチロウは子猫とハヤミを見て、

「息吹を吹き込んだ、だけだぞ。無理に決まってるだろう。条件を満たせば消える。一種の亡霊のようなものだ。見せかけの存在をずっとなど無茶を言うな、めんどくさい」

と軽く首を振りスマホに、目を落とした。

「ふうん」

とハヤミは、やはり無理かと思う。いつでもどこでも一緒にいられたら、いいのに。

「ニャー」

と一声鳴いて、肩の猫がおとなしく、丸くなる。

「悪いハヤミ、ちょっと電話してくる」

と腰を上げるセイイチロウにハヤミは、不思議に尋ねた。

「付き合ってる女でもいるのか」

「阿呆、親父だ親父。変に勘繰るなよ、鬱陶《うっとう》しいからな」

と、セイイチロウが、きっぱり言った。

フムと考えるハヤミは、セイイチロウの女嫌いは相変わらずだなぁと思う。車掌さんに礼を告げるセイイチロウが、通路の奥の扉を閉めた。三十分ほど、眠れるかなと、ハヤミは車窓に肩を寄せて目を、閉じた。

セイイチロウは指定された場所で、寺の父親に、電話をかける。一応、当たって欲しいと父親に、頼みごとをしていたのだ。

「あ、親父、イチだけどさ。それで写真の件、何か分かったのか」

と言ってセイイチロウは父のため息に、少々お疲れのようだと思う。

「悪い、親父。無理言って。しかしなぁ、ハヤミの親父さんの知り合いで、あの写真の件を知ってる人間がいるなら楽だと思ってさ。いるだろう、一人や二人、親父以外に写真を電子メールで受け取ってる人間が」

すでに、十八年近い昔の話に電話の父は些《いささ》か、上の空に近い声だ。

「それにな、生年月日が同じというなればハヤミのアイツとは、何の関係もないと思うぞ」

と、電話の父はハヤミの父親を、アイツと言う。親父が一応、と言って、告げた。

「仲間と言うてもな、ハヤミのアイツは国立大卒で、ワシは、仏教系私立大卒でな、共通の友人というても高校までしか知らなんでなぁ」

父の話が長く、なりそうで、セイイチロウは山間の、長閑《のどか》な田園の風景に目を置いた。

「まぁアイツの、あの性格だ。たとえ裏切られたような目に遭うたとして、口に出さぬ、奴だからな。そんなアイツが息子に、会《お》うてこいと言うなら、そこに、深い意味があるのであろう。でなければなぜワシがお前を県外なぞに行かせようか。夏のこの忙しい時期に」

と言って電話の父は、先を続けて言う。

「ワシはアイツを信じる。アイツが人様《さま》に顔向けできぬことをしたなど思わぬ。努力家で正義感が強く無口な奴だが、己を弁える術《わきま》は心得ておる。でなければ領事館職務なぞ、単身に行かせるはずがなかろう。元嫁《もと》さんの姉君に事情を聞き、一刻も早よう戻って来い。他人様《ひとさま》の親探しなぞする暇がどこにある。と、まあ。墓地を、うろうろして皆に心配かけた子は、集会の席に顔を出し謝るという条件、だったのう、忘れておったわ。とにかくだな、セイイチロウ、茶髪の娘子から目を離すでないぞ、いなくなったでは話にならぬ。迷惑した連中に顔向けができぬからな。戻って来ぬではワシが困る。聞いておるのか、イチ」

「ああ、分かってるよ」

と言ってセイイチロウは、茶髪のアイハラを思い、まぁいいと思う。

「それで親父。親父の答えは信じる、でいいんだな」

と、めんどくさそうに言った。

「そうだ。それ以外に何をいう。むろん、お前のことも真っ向、信じておるぞ。生きて戻れよ、必ず生きて戻れよ。ワシはお前の葬儀を行なうつもりはないわ。誰が息子の遺霊《いれい》に読経など上げるものか。生きて戻れ、ワシが過労で倒れる前にサッサと戻って来い」

父は毎度、同じことを言う。四十歳を過ぎたあたりから父は〝死ぬう、過労で死ぬう〟と、体力の衰えを訴えるようになった。父はただ単に、全身マッサージ機が欲しいだけだ。

「分かったから親父、誤解を招くような言い方をしないでくれ。こっちが恥ずかしい」

と言って電話の父に、続けて言った。

「用が済みしだい帰るよ。それまで母さんに身体を、ボッキボキに揉み解《ほぐ》してもらってくれ。じゃな」

とスマホの通話を切る。セイイチロウは、雑談に、父の愚痴《ぐち》を聞かされた気分だ。

戻るか。走行する新幹線の車窓にセイイチロウは、寺の父を思う。

北の寺に東のハヤミ家には、不思議な因縁がある。力を受け継ぐ者が、家を跡ぐ。子供が何人生まれようと、家の跡取りは常に一人だ。

ハヤミが寺で初めて〝お祓い〟を受けた時、双子のノブとハルは四歳だった。運命がセイイチロウを寺の跡取りに、選んだ。ちなみに父は、上に兄を二人持つ寺の三男坊だったが、運命は、父を選んだ。

頼りたい父を思いセイイチロウは、自分がしっかり支えてやらなければと、思うのだった。

「ニャー」

と鳴いた猫がセイイチロウを、じーっと見つめる。そうだな。

「そいつを起こしてくれ」

と席に腰を戻し、セイイチロウは、眠るハヤミを起こそうとボール遊びに、頬に、パンチを繰り出す猫の様子にクスッと可笑《おか》しくなる。

「なに……」

と、寝坊助なハヤミに「ニャー」と猫が、顔に抱きついた。

わっ、プ、とハヤミが、

「顔はやめろよ、顔は。死ぬかと思ったぞ」

と言った。

「あはははは」

隣のセイイチロウが、笑っている。猫を手のハヤミは、〝まぁいいけど〟と、思う。まさか猫に起こされるとは、思わなかった。膝の猫が「ニャー」と鳴いて喉をゴロゴロとハヤミの手に、甘えてくる。指を、猫じゃらしのようにホイホイ、クルリンチョイ。猫の口がカボッと開き、指に子猫が釣れる。

バタつく後ろ足を支えてやり、猫がペロペロと、ザラつく舌にハヤミの指をなめる。ここにいるのに誰も気づかない。くすぐったいようでハヤミは、何となく得をした気分になる。

電子音の車内アナウンスが、降りる駅名を告げた。

「ニャー」

もし、子猫に起こされなければ、ハヤミは、ピアノで有名な町を通り過ぎるところだったのだ。

「感謝してます」

猫にはもう少し、そばにいてもらおう。カズミの家までは、路線バスで郊外に、三十分ほどかかるからだった。

「お。何だ、降りたのか」

とセイイチロウがアイハラツグミに、素っ気なく言う。

「神奈川、東京まで行くのかと思ったぞ」と言って、ハヤミの腕を引いた。ハヤミは少し、気になる。トボトボとついてくるアイハラツグミの顔がキッと、ハヤミを見つめた。うわ、恐い顔だ。ハヤミは、隣のセイイチロウに、尋ねる。

「完全に怒ってるぞ、あの茶髪の顔は。寺で何かあったのか。家の門前で見た時は普通にしゃべってたし、ずいぶんと印象が違って見えるぞ」

ハヤミはギャップを感じるのだ。

「あの子とケンカでも、してるのか」

セイイチロウは、めんどくさいと思う。

「放っとけよ。どうせ親父の説教に逆切れして、腹を、立ててるんだろう。自己中心的で人の話をまったく聞かない。口を開けば己の不幸話ばかり言う。頭に来てつい〝自分だけが不幸だと思うな〟と言っちまったけどな。てんで話にならない、ああいう臍曲《へそま》がりな奴は放っておくに限る。それとも」

とセイイチロウがハヤミに、

「お前が相手をしてみるか、いじいじウジウジと先の見えない話を永遠に、聞かされるぞ」

と言った。ノーノーと首を振るハヤミは、答えた。

「嫌だ。よく分からないけど、嫌だ。それだけは、分かる」

一種の恐いもの見たさにハヤミは、ギラリと見つめ返すツグミに尻尾を巻いた。

「気にするからだ。あんなめんどくさい女にお前が振り回されてどうする。行くぞ」

とセイイチロウに押されてハヤミは、駅の有人改札所のチェックを受ける。

「はい。お忘れ物はございませんか」

駅の職員に聞かれてハヤミは、手の紙袋に肩のリュックを確認して、答えた。

「はい、大丈夫です。お世話になりました」

と会釈して通り、無事に改札口を抜けたのだ。

たくさんの人に助けられてたどり着いた静岡県、茶葉の香りに誘われてまずは一服……。

「どこに行く」

と、セイイチロウに言われてハヤミは、明るく素直に答える。

「お茶のサービスを受けに」

と、簡易に設けられた茶席の、おもてなしコーナーを指さす。

「いいだろう、本場のお茶をその場でまずは一服。ちょうど欲しかったところだし、そんなに時間は取らないよ」

ハヤミはすでに一直線に駆けて行く。

仕方ないとセイイチロウは思いつつ、やはり本場の緑茶に魅力を感じて、少し、楽しみな気分にハヤミの後に続く。何かと緑茶を口にする機会が多くセイイチロウは、本場のお茶を飲んでみるのも悪くないと、思いながら足を止めた。

「うッそう、本当にィ。ほとんど同じ、じゃない。ほらァ」

と、照れるハヤミを前に己の背比《せいくら》べをする大人びた女の子が一人。知り合いがいるとすればただ一人、だが四年前に会った時は確か、小学五年の女の子だった。

足元ヒールか。

二歳年下の女の子と同じ身長だと思われては、さすがのハヤミも形なしである。

「お久しぶりだね、足元ピンヒールのカズミちゃん。五センチは、誤魔化してるね、自分の身長」

と言ってセイイチロウは、黒のヒールサンダルをハヤミに、気づかせる。ま、普通は目線上位に足元の靴までは、気づかない。

「誰にでも失敗はある、気にするな」

と、言った。

「もう、面白いと思ったのに。すっかり冷めちゃったじゃないの」

と、首元チョーカーのカズミは、久しぶりに会う高校二年になったユキ兄に合わせていろいろと、大人っぽく決めてきたつもりだった。それにしても、

「四年経っても変わらず仲、良いのね。ユキ兄のいるところに必ず現れるんだから、寺のイチ兄て。たまには離れたいとか、思わないの」

と、茶席に腰掛けるカズミが言った。まあとセイイチロウは、

「しかしよく分かったね、ハヤミやオレが。最後に会った時、オレ達はまだ中一だったぞ」

と、不思議に思って言った。

「これよ」

とカズミが緑茶の、おもてなし席を示す。

「ここで待っていれば、絶対に、会えると思ったもの。ユキ兄てすぐ、飲みたがるから。ニコニコ顔で〝くださいな〟なんて、嬉しそうに緑茶を受け取る高校生が他にいるなら教えてほしいわ。見た目のギャップに、可笑《おか》しくてすぐ、分かったもの」

と言ってカズミは緑茶を口に、飲み込んで、空《から》になった紙コップを茶席に戻す。カズミはクスッと笑って、腰を上げる。

「まったく変わってないって、つい、からかいたくなるのよね」

そう言って陽気なカズミはハヤミを、自分の兄のように慕っているのだ。

「行こう、父さんも待ってるし。お茶なら家でたくさん、飲ませてあげるから、ね」

と、ハヤミの腕にすがるカズミが言った。何となくハヤミは、困ってしまう。

「あのね、連れがいるんだけど。あそこにもう一人、茶髪の女の子が」

とハヤミは、壁を背にポツンと疲れた顔色をのぞかせる、茶髪のアイハラツグミを示す。カズミが驚いて、言った。

「女の子、だったの。あの子が……」

ウンと言ってハヤミは、答えた。

「悪いけど呼んできてくれないかな。ずっとあの調子で、声、かけづらくて」

と言ってカズミに、申し訳なく告げる。

「女の子同士なら何とか、なるんじゃないかな。オレでは手に負えないし。頼めるかな、あの女の子の相手を。でなきゃオレが、参ってしまいそうだよ」

「そうなの」

と言ってカズミは、答えた。

「兄弟《きょうだい》って聞いてたから、男の人だと思ってたのよね。でもま、いいわ。女の子だったら任せて。必ず連れて行くから」

と言ってユキ兄の背中を押して、続けて言った。

「だから先に行ってて。父さん、駅の地下駐車場にいるから。あとでね」

と合図に手を軽く、振った。と、そこに茶髪の女の子がタスキがけのショルダーバッグを揺らして、寺のイチ兄とハヤミのユキ兄のあとにトボトボと、ついて歩く。まるで遠慮がちな、付き人さん。と疲れに肩が落ちるほどめんどくさそうな、女の子の隣に、カズミは足元に、気をつけながら走り寄った。

「あなた、お名前は」

カズミは、黙って歩く茶髪な女の子に少し、困ってしまう。

「うちに、用があって来たんでしょう。何かしゃべったらどうなの。ムッツリ黙り込んではつまらないわ」

「うざい」

え？　とカズミは耳を疑う。

「まァいいわ。アタシ、フジノカズミ、中学三年よ。本当はこんなこと、してる暇はないのよね。でもね、ハヤミ家の一大事とあっては放っておけないじゃない。昨日、おじ様からの電話でうちの母が、ものすごく、不機嫌になってるのよ。すでに勉強どころの話じゃないわ。早く解決して静かな時間を取り戻したいわけよ。分かるでしょう、自称兄妹《きょうだい》の妹さん」

とカズミは言って、プイッと顔を逸らす茶髪の女の子に、駄目だと思う。

あのユキ兄の、妹と称するわりには、ハッキリしないのね。まるで人間性が違うと、カズミは、逃げたい気分になる。

「とにかく、アナタに話があるのは母さんの方だけど、今夜は、アタシの部屋に泊まってもらうから。そのつもりでいてよね。うちは普通の家で客間は一つしか、ないから。ユキ兄とイチ兄と、同じ部屋に泊めるわけ、ないでしょう。ほんの一晩《ひとばん》なんだから我慢してよね」

言ってカズミは前方を歩く、左肩リュックのユキ兄の腕を取った。カズミはユキ兄の、紙袋が気になる。

「ねェ、さっきから何持ってるの。例のユルキャラ、買ってきてくれたの。黒クマのティカップを」

と言うカズミの笑みにハヤミは、何となく答えた。

「お菓子のセット物だよ」

そして、ハヤミは先を続けて、言った。

「黒クマのブームは終わってるよ。そういつまでも続かないよ、流行物《はやりもの》だし。なぁセイイチロウ」

「ま、そうだな」

とセイイチロウが言う。

「マイブームに追いかける奴はいるが嵐が過ぎれば、そんなものだ。新しいキャラが出れば世代交代していくし過去のものになる」

と言って、少し、疑問に尋ねた。

「むしろ何年前の話だ、確かオレらが小学生の頃の話、だと思うが、それでも欲しいのか」

とセイイチロウがカズミに尋ねた。カズミは、あっさりと、答えた。

「当たり前でしょう。あの当時、それが目的でアタシ、遊びに行ってたのだから。どれほど苦労したと思ってるのよ、女の子の一人旅に。半端な気持ちではできないわよ」

とカズミがセイイチロウに言ったのだ。そしてセイイチロウがハヤミに、告げた。

「だそうだ、ハヤミ。かわいい従妹の頼みだ、素直に聞いた方がいいぞ」

とセイイチロウが少し、笑った。

フムと、考えるハヤミは少し困る。そして言った。

「そうだな、まずはオバさんに相談してみるよ。一度、叱られてるから。〝勝手にモノを買い与えないでちょうだい〟と。オレは一度で懲りたよ、二度目は要らない気分だ」

とハヤミは言った。そこにカズミが聞いた。

「いつよ。いつあったのよ、そんなこと。アタシ知らないわよ、母さんがそんなこと言ったなんて」

と、カズミにすごまれてハヤミは、思い出を語り言った。

「何かの待ち時間に店のショーウインドーを見てたカズミが〝あれ欲しい〟と言った、イヤリングの話だよ。オバさんからの電話で、〝教育上よくないから、やめてちょうだい〟と言われた。そのあとにお祖母さまから〝形のないモノを人にあげなさい〟と言われて、子供心にずいぶん、悩まされたよ」

と言った。そしてハヤミは続けて、語り言った。

「それが、声をかけてあげたり手伝ってあげたり、中学に入学していろいろと気づかされたなぁ。友達も増えたしけっこう楽しかったよ。半分が南小の新顔で半分が顔馴染み、クラスを二分する見えない境界線に。高校に入学した時はクラスメイト全員が新顔でさすがに戸惑ったけど、形のないモノっていっぱいあって、入学式の初日から友達がたくさんできた」

ハヤミは少し照れながら言った。そして続けて語り聞かせる。

「のちのちになって気づいたけどさ、自分と同じ中学出身者が一人、クラスにいたんだな、これが。クラス名簿なんて見る機会もなくて入学直後の学力テストの結果に、担任の呼び出しに知ったくらいだよ、同じ中学出身者がクラスにいたってね。目に見えないモノをあげるって大変だけど、それは最初だけで、あとは自分が楽でいられるから、今が、一番楽しい感じだよ」

セイイチロウは、ハヤミの話に、呆れる。

「そう思っているのはお前だけだぞ。どこまでナイーブな奴なんだか」

と少し、気掛かりが増える。

「それでお前、大学はどうする気だ。どこに放り込んでもやっていけそうな気はするが。どこの大学を目指すのか、そのくらいは、とっくに考えてなきゃ遅いくらいだぞ」

セイイチロウに言われてハヤミは、学校にいる気分になる。

「理系と文系、どっちだと思う」

大学うんぬんの前に決める必要があった。

「夏休み明けの二学期にさ、クラス替えが予定されているんだよね、文系クラスと理系クラスに。それでどっちか一つに決めろと先生に言われて、自分はどっちだろうって」

ハヤミの頬にセイイチロウの指が入った。

「文系だな、間違いなくお前は文科系だよ」

とセイイチロウが、くすぐったそうに言う。

「親父さんも文系だろう、はっきり言って。蛙の子は蛙だ。四の五の迷うより、自分の血筋に素直になれよ。オレなんかガキの頃に自分の将来があっさりと決まって、今じゃ、それ以外にあまり興味がない。

オレも文科系だ。理数系を噛じってはいるが、基本的には文系だ。その点、オキノケイスケは理数系だ。あいつの本家は動物病院だからな。ガキの頃から世話好きで、オキノは医学や農工学に適した、理数系だ。素直に自分を認めた方が楽だぞ」

と当たり前のように言う。

「無理をせず文系を選択しておけ。でなきゃ遊ぶ時間どころか、庭の世話をする時間すら、なくなるぞ」

その話にハヤミは、〝なるほど〟と思う。選択する基準がどこにあるのか、見えたからだ。庭の世話を言われては、敵わない。今ですら休みの日以外はマキさんに業者の人に、頼りきっているからだ。人に言われて分かる中途半端な自分に、ハヤミは、恥ずかしく思う。

「努力します」

と言ってくすぐったくて少し、笑えた。

「何だ、おかしな奴だな、お前は」

と、セイイチロウに言われてハヤミは、素直に答えた。

「まぁな」

自分を分かってくれる人間が一人、いればいい。ハヤミはそれが、セイイチロウだと、ようやく分かった、気分だったのだ。

「あのねェ、二人共」

と、従妹のカズミが少し剥《むく》れた顔で、尋ね聞いた。

「アタシにも分かる話をしてくれない。まったく話についていけないんだけど。分かってる、イチ兄、ユキ兄も」

二歳年下の、中学生のカズミが言ったのだ。ハヤミはセイイチロウに、尋ね聞いた。

「何か話、あったか」

と、ハヤミが聞くと、セイイチロウが軽く、答えた。

「さぁな、駅で待ってるなど思いもしなかったぞ」

と、セイイチロウが言ったのだ。そこにカズミが軽い癇癪を上げ、言った。

「何よ、二人して。昔のまんまじゃないの。いつまでも子供扱い、しないでくれる。ものすごく、気分悪いわよ」

フンと言って、カズミは、薄暗い駐車場を走り、ワゴンタイプの扉が開かずに、ガラスを叩く。

「ちょっと起きてよ。もう、起きてってば」

運転席の父が慌てたように窓を、下げる。

「遅いぞ、カズミ」

そこに黒髪の少年が現れて、ペコリと恥ずかしそうに「お久しぶりです」と言った。

「ハヤミ君。どうも、カズミの父です。悪いがハヤミ君、きみは後ろに、座ってくれないかな」

そこに、スライド扉を開けたカズミが、乗り込んできて、言った。

「あなたは前に乗って」

運転席の父は、緊張気味に、昨日、帰宅直後の〝冗談じゃないわ〟と、旋風を巻き起こした話題の〝ハヤミ君のきょうだい〟を待つ。

開けられた助手席の扉に父は、じっと見つめた。

「お邪魔します」

と茶髪のスカート姿の女の子が、小声で言ったのだ。

「君が例の……。カズミの父です。ハヤミ君の伯父《おじ》に当たる。何もそんなに、怪しい者じゃないよ」

と言って父は、如何にも怒っているような女の子の、頑《かたく》な態度に参《まい》ったと、肩を落とした。

「お腹、空いてるのよね」

と後ろのカズミが言って、

「何にするか、決めてくれる」

と、ドライブスルーのメニュー表を女の子の、膝に落とした。

「おい、カズミ」

「何よ、いいじゃない。どうせ今夜の夕飯、いつになるか分からないもの。父さんは、〝いつもの〟で、いいわよね」

父は、やれやれと車のサイドブレーキを解除して、アクセルペダルを軽く踏み、ハンドルを切った。

駅の地下駐車場を抜けて、車の後部シートでは、カズミの声が。

「それでいいの？　こっちが美味しいわよ」

カウンターレディ気分に、ハヤミ君に寺のツガワ君を相手に、楽しそうだ。道の赤信号に父は車を軽く止める。

「君は、決まったのかい」

と父は隣の女の子を見る。

無口に、おとなしいという印象を受けて、父は、道の青信号に車のアクセルを軽く、踏んだ。


〝とうの昔の話よ、いちいち覚えてないわ〟

と、妻の不機嫌が一人娘のカズミを巻き込み、会社に飛び込んできた。〝家にいたくないのよ〟それが苦しむカズミの、答えだった。電話の妻は、〝しばらく戻って来ないでちょうだい〟と言って回線を、切ったのだ。車を運転の父は、歓声を上げるカズミの指示に従い、目的のドライブスルーに車を流す。軽い、お祭り騒ぎのような注文のやり取り、を経て、受け取ったテイクアウトの袋を、父は、後ろのカズミに手渡す。こういうことは、ままある。

「それでカズミ、これからどこに行く」

「どこでもいいわよ。あ、その前にその子、家で降ろしてよ。母さんが用があるのは、その子だけ、なんだから。アタシ、関係ないからね。何で関係ないことでアタシが怒られなきゃいけないのよ。冗談じゃないわよ。本気で家出、してやろうかしら」

カズミは口をモグモグさせて、言い訳のように、言った。

「腹が立って、お腹が空くのよ。食べなきゃ、やってられないわ」

と、父を呆れさせるのだ。

お蔭様に娘のカズミの身長が、スクスクと伸びて、急に、大人びるようになった。今では娘の言葉一つに父は、ドキッとさせられる。家出など、冗談ではないと、父は、十五歳の娘を思いながら、車を走らせる。

「目指せ、女子高！」

と、カズミは後部シートで、キャリアウーマンになると、目標を掲げる。ハヤミ君の父君を超えたいと声を、弾ませているが、半年後には、また考えが変わるだろう。

〝頼りにされる間が花だ〟と、父は、会社の同僚に背中を、押されたのだ。ピアノ調整という仕事は、感覚を研ぎ澄ませて、一心に気を使う仕事なのだ。車の運転と同じに、集中力が欠けては、仕事にならない。それはまた、タッグを組む同僚に迷惑を掛け、不測な事態を、引き起こすことになるからだ。

緩やかに車を、流し赤信号に気づいて、アクセルから足を外して、ブレーキを掛ける。

車の、後部シートでは、カズミの明るい声が聞こえ、何やら楽しそうだ。しかし隣の、茶髪の女の子は車窓に顔を向けたままで、随分と、大人しい少女だと感じる。

どうやら無理を、させてしまったようだ。

ハヤミ君の兄弟と聞けば、少年だと思い、娘の手前、警戒心から父は、助手席に乗ってもらうと判断を下したのだ。

二階建ての我が家にたどり着き、父は、車のサイドブレーキを引いて隣に、注意を向ける。

「悪かったね、心細い思いをさせて」

父は茶髪の女の子に、心から悪いと思った。

「こっちに来て」

と、娘のカズミが茶髪の女の子の、世話を焼く。ふと車の後方で揺れる気配に、振り返る。

寺の息子のツガワ君が視線を向けた。

「あの子の監視役なので一度、失礼します」

と、言ったのだ。

カズミの父は、後部シートのハヤミ君に、尋ね聞いた。

「どうなってるんだ」と尋ねて、〝寺の墓に出没した女の子〟の、話を初めて耳にした。

「それじゃ、あの子は何の関係も、ないのか」

驚きを隠せずに言った。そう聞かれてハヤミは、セイイチロウの監視役に、話をまとめる。

「そう、なると思います。はっきりとは言えませんが、ツガワセイイチロウの話では、そうなると思います」

と言って、肩の子猫を指にコチョコチョと、あやす。茶髪のアイハラツグミが、なぜ、病室で撮影された両親の写真を持っていたのか、それもじきに分かるだろう。

〝任せろ〟と言ったセイイチロウの、「突然、お邪魔をしてすみません」という声が玄関から聞こえ、ハヤミは、冷めたポテトフライを口に運んだ。

「さぁ用事は済んだわよ」

と言って、従妹のカズミが車のスライド式ドアを閉めた。

「ねェ遊園地に行こう、遊園地に。閉園まで遊んで戻ってくれば、話は終わってる頃よね」

シートに座り、ハヤミの腕に絡むカズミが、挑発的にニコッと笑う。

「ねェ父さん、いいでしょう。気分転換に遊園地に行こうよ。アタシ、ユキ兄とジェットコースターに乗りたい。いいでしょう、まだどこにも行ってないもの、ねェ父さん」

カズミは〝勝負よ〟と、ガキの頃と変わらずハヤミに、挑戦的である。まぁ泣かれるよりは、マシだろう。

〝ニャー〟と肩の猫が鳴いて車は一路、遊園地にと向かう。


車の発進を確認して、マナミおばが、扉を閉めてガチッと玄関に鍵を、かけた。

セイイチロウは、閉塞的な警戒心の強い、オバさんの様子に、少し疲れにも似た緊張を感じる。先に渡したハヤミの心遣いを手に、オバさんが「来てちょうだい」と言った。セイイチロウは、「お邪魔します」と言ってオバさんのあとに続き、通される居間のソファに腰を下ろす。すでに見えない壁を感じるのだ。

「ハッキリ言って迷惑なのよ。過去を探られるようで痛くて、気分が悪いわ」

と言って首を振り、視線を逃れるようにオバさんの背中が居間を離れて、家の奥に消えた。セイイチロウは、昨日の電話に今日の出来事を思い、オバさんの立場を考えて配慮するべきだったと自分の行動を、反省する。焦りすぎたようだ。

と、そこに隣のアイハラツグミと目が合い、茶髪が、プイッと揺れた。

「あたしが、悪いんでしょう。そう、なんでしょう、みんなしてバカにして。何なのよ、あたしが何をしたって言うのよ。答えなさいよ、答えてよ……」

手の甲に涙を、拭うアイハラツグミに、セイイチロウは、何も言うつもりはない。むしろ隣で泣かれては、鬱陶しくて敵わない。セイイチロウは居間の壁を、背にする。

新幹線での移動の途中で、トイレから戻ったハヤミの顔がブスッと、不機嫌に染まった。ハヤミは〝めんどくさい〟と言った。

「お前さ、ハヤミに何を言われた」

と言ってセイイチロウは、アイハラの、振れる茶髪を見た。

「アイツが何を言ったのかオレに答える必要はない。ただ、移動中の新幹線の車両内で何があったのか思い出して、よく考えてみろよ」

と言ってセイイチロウは、軽く説明をする。

「ハヤミは人を、無闇に惑わせたりしない、必ず意味のある言葉か話をしたはずだ。それは他の誰でもない、君自身に向けられた言葉だ。他の誰も踏み込めない君だけの、ものだ。分かったらそれを抱えて、おとなしく座ってろ。そばで泣かれては鬱陶しくて、堪《たま》らないぞ」

と嫌気《いやけ》がさしたように言った。

「何、まだ苦手だったの」

箱を腕に、抱えて戻ってきたオバさんが、「女嫌い、直ってないのね」と言った。

セイイチロウは、女嫌いではなく、先の見えない人間が、性に合わず、嫌なだけだ。

「と、ガキの頃、何度も説明しましたよ。電話で何度も。カズミちゃんのことも含めて、誤解しないでくださいと何度も説明しましたよ」

「そう、だったかしら」

と、素《す》っ惚《とぼ》けて話をはぐらかすのは、どこのオバさんも同じだ。

穏やかな笑みに、オバさんの手が、箱から、とても小さなガーゼ生地の肌着を出した。双子の弟を持つセイイチロウは、赤子の肌着だと分かる。あまりにも小さな乳幼児の肌着だ。

「あいつの、ものですね」

と、セイイチロウが言った。

「よく分かるわね」

と言ってオバさんが、

「カズミに着せようにも小さすぎて、入らなかったのよ。それでそのままそっくり、残ってるのよね。何度も捨てようと思って、そのたびに、捨てられなくて。気持ちが残ってるのよ、あの子が生きた証しが、いろいろとね」

オバさんの手が一つ一つを、ガラス細工を扱うように、着せ替えドールの附属品のようなベビー用品を床に、置いていく。

「ごめんなさいね、昨日の今日で何も手に付かなくて。メモ書きにした紙が、入っていたと思うんだけど、どこにいったのかしら……」

ゆったりとした動作にセイイチロウは、答えた。

「手伝います。何を探しましょうか」

オバさんの手が止まり、ものに対する思い入れが強いのか、スーと涙が頰を流れた。

「アラ嫌だ、あの子を思い出して、ごめんなさい。顔を洗ってくるわね」

うつむき加減にバタバタと小走りにオバさんが姿を消して、床に、箱の中身にとベビー用品が、残された。れたのだ。それらを目にしてセイイチロウは、ハヤミの母親の、私物らしきものを手にする。

それは、花柄の、キャップ式のボールペンだが、旧姓フジノという文字にオバさんの〝妹さんのもの〟に、間違いは、なさそうだ。

ハヤミの母親は、里帰りに、ハヤミを産んで数ヶ月で他界したと聞いている。つまり散らばるベビー用品に混じり、オバさんから見て実の妹の、遺品を目の当たりにする気分だったのだ。

セイイチロウは、急ぎすぎたと思い、オバさんが探そうとしたメモ書きを、探す。箱の中で見つける胎児のカラー写真を手に、セイイチロウは、自分の双子の弟達を思う。仮に双子の事実があるなら、写真に、写り込んでいるはずだ。遠いガキの頃に見せられた写真には、双子のノブとハルの影が写っていた。

一枚目、二枚目、三枚目、四枚目と、居間のテーブルに並べた胎児の写真はどれも、男の子だと分かる胎児が写っているだけだ。床のベビー用品を見てセイイチロウは、双子の荷物がどれほど邪魔で多すぎる量になるのか、身に染みて知っている。

人の気配にセイイチロウは、アイハラツグミの手をパンと空《くう》に払い上げた。

「気安く触《さわ》るな」

セイイチロウは無性に、腹が立つ。問題を持ち込んだ女に、気安く、ハヤミの写真に触れられたくない。生まれる前の、胎児の写真だからこそ、なおさら、触れてほしくないのだ。

ふとハヤミを思い、セイイチロウは、人の歓声に遊園地の感覚を捉える。ハヤミに猫を、預けたままだった。

あいつの天然には参ってしまう。何をしてるのかもろに、伝わってくるのだ。遊んでるな、相当。こっちの気も知らずに呑気な奴だ。

セイイチロウは、手元の箱を先ほど、探しものを求めて無残にも、かき回したのだ。赤い手帳の表紙にダイアリーの英語文字が。文房具店などで見かける、市販の日記帳である。いくら何でもこれはちょっと、無理だとセイイチロウは横に置いて、箱の中を探す。それらしき紙片を手にする。生活指導課、て何だろう。セイイチロウは一応、赤い日記帳の上に置いて箱の中を探す。オモチャに乳幼児の服や小道具が邪魔で、探しにくい。

ん、これかな。手に、取り上げた紙には、海外の国名が入ったエアメールのアドレスに、国際電話の番号が……。

整理しろって。箱の中はまるで、その当時の私物を放り込んだように雑な、タイムカプセルの中を、探す気分になる。誰だよ、ミホちゃんて、もう。セイイチロウは、箱を引っ繰り返した。

ゴチャゴチャと現れた日用品の山を、手に、オモチャ、服、文具用品と三つに、分ける。ちまちま、ちまちまと、やってられない。乳幼児の小さな服を表、袖裏に折り畳む。五人家族で寺の息子のセイイチロウは、家の手伝いに片付けものは手慣れている。

毛糸の帽子に小さな、手編みの靴下に、セイイチロウは、可愛いと思い、一揃えの乳幼児服に満足する。病室で撮られたあの写真は、冬だった。乙女座生まれのハヤミは未熟児で、専用の保育器を出られたのが数ヶ月ほど、あとだったたと聞く。寺の親父から聞いた話だが、あの、病室で写る笑顔の写真だ。

あまりの嬉しさに顔が、蕩けそうになって無理はない。それに、早くから用意していたらしく、乳幼児のオモチャが多い。哺乳瓶を手に、里帰りでハヤミを産んだ、荷物に満足してセイイチロウは残りを箱に、片付ける。

よし、こんなものかな。床に残るメモ帳に紙片を集めて、赤のダイアリーに洋封筒に筆記用具を揃えて、テーブルの上に、胎児の写真を一緒に重ねて置いた。

ふと、セイイチロウは、カズミのオバさんが洗顔に席を外して、戻りが遅いと腰を上げる。今はおとなしい茶髪のアイハラツグミに、告げる。

「触るなよ」

と念を押して、セイイチロウは、

「何か飲みものでも、もらってくる」

とオバさんの姿を探しに居間を離れた。

ソファのアイハラツグミは、寺の息子の七変化を、あ然《ぜん》となりながら眺めていた。手際がいいというか要領がいいというか、悄気《しょげ》る自分がアホらしくなったのだ。

〝やりたいことをすればいい〟

とか何とか、ハヤミナオユキが、言ってたわねェ。とツグミは、新幹線の車両内での出来事を、思い出していた。

やりたいことねェ。

ストリートパフォーマンスのように、一人で、楽しそうにしてた〝ハヤミ〟を、思い出して、ツグミは、何もない自分にため息をつく。今まで考えたことも、なかったからだ。

床の整理箱にテーブルに、置かれたデスクワークの用品に、ツグミは、〝やりたいこと〟をやってサッサと姿を消した寺の息子を思う。一見、面倒くさい作業を嬉しそうな顔で自ら、全部、スッキリと片付けて行った、ツガワセイイチロウ。自分は、見てるだけだった。

〝少しは手伝え〟と言われても、ツグミは、やはり面倒くさくて〝自分でやれば〟と、答えて無視していたと思う。どうせアタシなんか、何もない。と、ツグミは自己嫌悪に陥る。

やりたいこと、なんて急に言われて、分かるわけ、ないじゃない。

ツグミはもう、何もかもが、どうでもいい気分になっていた。


ツガワセイイチロウは、オバさんの姿を探して二階の奥の、少し開いた扉を軽く、押し開ける。

「オバさん」

ツインルームの寝室の、床で、一人静かにフォトアルバムのページを眺めるオバさんを、セイイチロウはようやく発見したのだ。

扉を軽く、ノックする。

「どうしました、こんなところで。心配事でも」

とセイイチロウが言った。オバさんの首が揺れて、ポツリと呟く。

「ごめんなさいね、つい懐かしくて、あの子の写真をね」

と、オバさんの手元に、セイイチロウは目を向けた。小学児童の運動会の写真に、「え!?」と、セイイチロウは驚きに、言葉がない。同じ写真を持っているからだ。

「なぜ、ここに」

と、やはり言葉にならない。

小学校時代の自分に、応援席のオキノケイスケ、ハヤミが無防備に声援を送るシーンに、撮影された写真だったのだ。セイイチロウは目が回る、気分だった。

フジノカズミは、高校生のハヤミに普通に、接していた。四年ぶりに再会したはずのオジさんから、笑みがこぼれた。そして一目見るなりオバさんは、「本当に来たの」と言ったのだ。

すべては〝写真〟が、原因だったようだ。

「あの子とは、ハヤミですね」

と言ってセイイチロウは、息を吐いた。

「わけを話してください。別に、親族や従兄の写真を持っているからと、誰も、咎めたりしませんよ。自分も、持っていますから。親戚の伯父さんや伯母さんの写真に、イトコ連中の写真をわんさと。要らない、やめて欲しいと言っても、送ってくるんですよね。見てほしい気持ちは分かるつもりですが、メモリーがいっぱいで、炎上するかと思うほどですよ」

セイイチロウは、興味を示すオバさんに少し、ホッとする。

「冗談半分ですよ、ここ最近時間が取れなくて、写真の整理が、追いつけないだけですよ。本気にしないでください」

フワリと笑みに染まるオバさんが、写真を眺めて、呟いた。

「あたしね、あの子のそばに少しだけ、いたのよ。ほんの少し、だったけど……」

オバさんの頭が揺れて、素早く動く。そして言った。

「やめましょ、こんな話」

と、アルバムを寝具の下に、片付けてしまったのだ。

「昔の話よ」

と言って重い腰を上げる。

「あの子は妹が産んだ子で、アタシには、カズミがいるもの。後悔はしてないわ。それに」

と、セイイチロウの前で、

「いつまで他人《ひと》んちの寝室にいるのよ、恥ずかしいじゃない」

と、責めるように言われてしまった。

考えてみれば、そうなのだ。

「いつまでも戻って来ないオバさんも、悪いですよ。何か飲ませてくださいよ、喉がカラカラです。それこそ水でもガブ飲みに、したい気分ですよ」

と、セイイチロウは歩きながら言った。

「それは悪かったわ。麦茶でいいなら飲ませてあげるわ。手伝ってちょうだい」

オバさんの声にセイイチロウは、居間を奥の、ダイニングテーブルが置かれた対面キッチンの前に立つ。

「トレーは、どこです」

「そんなもの、要らないわよ。直接、手で運んでちょうだい」

と顎に、〝すぐそこ〟と指示されて、セイイチロウは、仕方なくコップを左右に持つ。居間のソファに、なぜか肩を窄《すぼ》めて座る茶髪のアイハラツグミに、コップを差し出す。

「冷えた麦茶だ。アレルギーを引き起こすようなら水か別のものに替えてもらうが、麦茶でいいのか」

セイイチロウは、キッと見上げるツグミの目つきに驚き、危うく、コップの麦茶をこぼすところだった。アイハラにセイイチロウは、愚痴った。

「何、怒ってるんだよ」

テーブルに、コップを置いて、セイイチロウは〝トイレ〟と、聞こえたような気がする。

「ハッキリ言ったらどうだ。聞き違いの思い込みで、オレに、恥をかかせたいのか」

セイイチロウは壁を背に、手の麦茶を一口、喉に通してホッとする。

「どうしたの、ケンカでもしてるの」

麦茶ポットをテーブルに置いたフジノマナミは、茶髪の女の子の〝今にも泣きそうな顔色〟に「こっちよ」と言った。壁のセイイチロウは、居間からアイハラツグミを追い出すオバさんの様子に、〝ま、いいか〟と思う。むしろセイイチロウは、居間のオバさんに尋ねたいことがある。

「それでオバさん。あのアイハラツグミがハヤミのご両親の写真を持っています。守り手のオレですら、初めて見せられた写真です。そのあたりの話を、聞かせてもらえますか」

　セイイチロウは、驚いた顔をするオバさんに、再び説明をする。

「あの茶髪の女の子がハヤミのご両親の、十七年前に病室で撮影された、赤子を抱える写真を持っています。それも写真の裏にハヤミのご両親の名前がしっかりと記されたものです」

　弾かれたように部屋を飛び出すオバさんの様子に、セイイチロウは驚く。そして、廊下の扉の前に、その背中を見る。

「本当なの。あなた、十七年前の名前が入った写真を持っているの」

　ジャーッと水の流れる音がして、開く扉の奥からアイハラツグミが、現れたのだ。セイイチロウは、何だトイレかと思い、廊下を少し離れたところで足を止めた。

「見せてちょうだい」

　オバさんの声が苛立《いらだ》ちを含む。

「確認したいことがあるのよ。別に取り上げたりしないから、アタシに写真を見せてちょうだい」

　セイイチロウは、手に持つ麦茶を飲み干して、戻ってくるオバさんのあとに続き、居間のテーブルを前に腰を下ろした。

「あなたが整理してくれたの」

　テーブルに揃えたメモ用紙に目を通すオバさんが言った。

「はい」と答えてセイイチロウは、冷水ポットの麦茶をコップに注ぐ。

「あのままでは大変そうだったので一応、メモ書きなどを一揃えに」

と言ってセイイチロウは、付け加えた。

「オバさんに話を伺おうと姿を探して、二階のあの部屋に、辿り着いた次弟ですよ。ちなみにメモ帳にダイアリーなど、中は見てません。これでも一応は、寺の跡取りですからね。人の道を外れては誰からも信用されない、それだけはいつも気をつけているつもりです」

と言って、

「そう、悪かったわね。おかげで助かったわ、探す手間が省けたもの」

「あの子の守り手がアナタで、良かったわ」

と、優しい微笑みでオバさんが言った。オバさんの姿を見送り、セイイチロウは、何となく身の置き場に困る。お礼を言われたのは、セイイチロウが覚えている限りでは、ハヤミのお祖母さまに続き、二人目だった。別にこれといって礼を言われることは何もしていない。それが当たり前で、日常に感じていたからだ。

「一度、訪ねてみたら」

と、オバさんの声にセイイチロウは、居間に戻ってきたアイハラツグミの、落胆《らくたん》した様子に、どうしたものかと思う。

「はい、これで話はおしまい」

と、急に元気になるオバさんが、

「グズグズしてたらカズミが戻って来ちゃうわ。あ、そうだ、アナタ」

と、茶髪のアイハラツグミに、

「今夜は娘の部屋に泊まってくれない。客間といっても部屋は一つしかないのよ。ハヤミのあの子に寺のツガワ君と一緒の部屋で良ければ別に構わないけど、一応は、世間体というものがあるでしょう」

と言ってオバさんがセイイチロウを見る。

「嫌ですよ、オレは。女と同室などごめんです、きっぱりとお断わりします」

「オホホホホ」

と、笑って誤魔化すオバさんが、

「そういうことだから、今夜はカズミの部屋に泊まってちょうだい。それにいろいろと、お手伝いをしてもらいますからね。うちは知り合いをただで泊めるつもりはありませんから。そのつもりでいてちょうだい」

と、オバさんの、洋エプロンを身に着ける姿に、セイイチロウは、茶髪女を見る。

「一晩、世話になるんだ。礼を尽くすのは当然の義務だぞ」

と言って、まるでやる気のないアイハラツグミに、拒絶して言った。

「勝手にしろ」

と背を向けた。

ツグミは一人、この家のオバさんに渡された、メモ用紙をそっと、パスケースの間に挟んだ。

すでに十七年前の話に確かな保証はない。ただ、訪ねてみたらと言われて渡された紙には、〝ミホちゃん〟と書かれた、別の女性の住所と電話番号が明記されていたのだ。

ただ一人だけ、電子メールが届かず、封筒で写真を送った相手、それがミホちゃんだった。アイハラツグミは、すべてを否定された気分だった。

家のご主人が戻り、家の娘にハヤミの御曹子が仲良く現れた。楽しそうな会話も、ツグミには耳に痛く、取り残された気分だった。

「おとなしいのね、アナタ。言いたいことは言わなきゃダメよ」

と、カズミが夕食の、席で言った。

「それで、兄弟の話は、どうなったのよ」

と、カズミは対面席で食事中の母に、自分の疑問をぶつける。

「火のないところに煙は立たず、よね。そろそろ話してくれてもいいんじゃない。でなきゃアタシ、ハヤミのユキ兄と結婚しちゃうからね」

カズミの発言に居間の、殿方テーブル席でセイイチロウがケホケホッと噎《む》せた。

「ハヤミ！」

その場の空気にハヤミは首を、ブンブンと横に振った。

「脅かさないでくれ。命が縮むぞ」

と、セイイチロウが言った。

「あら、アタシは本気よ。ユキ兄といると楽しいもの。もっと上を目指せる気がするわ」

「バカを言わないでちょうだい！」

と、テーブルを叩いた母が首を振り、

「そんなことのために、アナタをハヤミ家に遊びに行かせたわけじゃないわ」

母の目がキッとカズミを見る。

「それにね、結婚というものは家同士のお付き合いでもあるのよ。それをアナタは簡単に。いったい何を考えているの」

と、不仕付《ぶしつ》けに言ったのだ。

セイイチロウは、席を立つ。

「ジョークですよ。そうだよね、カズミちゃん」

シュンとして目を逸らすフジノカズミを見て、セイイチロウは確認をする。

「前触れもなくただ、口から出てしまった。それで間違いないよね、カズミちゃん」

とセイイチロウはカズミに、同意を求める。訝《いぶか》しく細い目付きのイチ兄に、カズミは、「うん」と答えて肩を、窄《すぼ》めた。

吐息にセイイチロウは、オバさんに説明する。

「だそうです。元々、そんな度胸はありませんよ。第一にハヤミ自身が知らなかった話に、何をムキになられます。ジョークですよ、完全に。何もなかった、そうですよね」

「ええ、そうね。それでいいわ」

と言って疲れた様子にオバさんが、軽く首を振り、言った。

「騒がせてごめんなさい。先に休むわ、あとをお願い」

グッタリと、した様子で、歩くオバさんを、見送り、セイイチロウは、椅子のフジノカズミに言う。

「あとでよく謝っておくんだぞ。それに、結婚など軽々しく口にするもんじゃない。見ろよ、自分の父親を。今すぐ謝ってこい」

カズミは、バタバタと、居間に、駆け込む。そんな、カズミを、見て、セイイチロウは、思う。〝十五で嫁に行き〟と昔の童謡にあるが、今は、そんな時代でもない。一人娘が十五で結婚など口にすれば、卒倒ものである。それに、今まで憧れにハヤミに近づく者はいたが〝結婚〟など、ハッキリと口に出す者はいなかった。むしろ、ハヤミ本人がいろいろと忙しすぎて、何も、考えていないのだ。

「どうした。口に合わないのか」

セイイチロウは、箸が止まった隣のハヤミに言った。

ハヤミは、「うん」と言って、疲れた顔をする。

「十七年前に何があったのか、と思うとね」

ハヤミは、斜め前のオジさんに、尋ねる。

「話してもらえませんか、十七年前に何があったのか。このままでは気分が悪いです」

と、膝を揃えて正座に、訴える。

「無理な話だと分かってるつもりです。大人の話に首を突っ込むつもりはありません。ですが、このままでは落ち着けません。自分が生まれた当時の、十七年前に何があったのか、教えてください。お願いします」

ハヤミは頭を下げた。セイイチロウは何も言えずに、カズミの父親に頭を下げて、言った。

「知っていることだけでいいです。オレからも、お願いします」

二人の様子にカズミは、呟く。

「どういうこと」

と目を見張り、寺のイチ兄に聞く。

「母さんから何も聞いてないの。もう、何やってるのよ。外で時間、つぶしてたアタシ達がバカみたいじゃないの」

カズミは無性に、イライラしてくる。

「父さん。何か知ってるんでしょ。話してよ、話して。今日は一日、それでメチャクチャなのよ。父さんだって迷惑してるんでしょ。もう、はっきり言ったらどうなの。父さん！」

頭に、響く甲高い声のカズミに、父は、「知らないんだ」と言った。

知らない？

お酒くさい父は本当に、何も知らないらしくて、吐息に、匂いを撒き散らす。

「互いのプライバシーに干渉しない。そういう約束で一緒になった。だから何も知らない。妹さんを亡くしていると知ったのは、一緒になったあとだよ。妹さんの一周忌の法事の時に、ハヤミ家の墓参りで。身体が弱く、息子を残して死んだバカな子、とか何とか。あいつのご両親ですら、触れてほしくない話のようで、それっきり何も聞けずじまいだよ」

と言って父は、おもむろに、続ける。

「ただ、定期的に送られてくるマキさんからの手紙には、上機嫌に燥《はしゃ》いで、この世でただ一人の甥っ子だと自慢話を聞かされるよ」

と優しい笑みに染まる。

「それ知ってる」

とカズミが言って、はしゃいで言った。

「ユキ兄の写真でしょう。それがきっかけでアタシ、遊びに行くようになったのよね」

と、ハヤミのユキ兄に言った。父は少し、寂しい気分になり、そわつく。

「まぁ、そうなんだが。一緒になる前の話は、よく知らない。何か、焦っているような感じに思えたけれど、お互いを、干渉しないという約束にアッサリと、その場で決まって。気づいた時には〝奥さん〟になっていた」

と、目のやり場に困った、ように言った。

「ふうん」

と、カズミが聞く。

「もしかして〝お見合い〟だったの」

「ん、まぁそうだな。女性に縁がなくて、ピアノを相手に仕事を黙々と……」

言って父は、ハヤミ君の口にパクリと、ピーマンを食事中な姿に、気が抜ける。

「すまない」

父は、ハヤミ君に悪い気がして、つぶやく。

「君の、お母さんについては知らない。ただ一つ言えるとすれば、うちの家内が子供好き、という所かな。何の役にも立てず、すまない。お互い干渉しない、それが我が家のモットーだから、あいつが話せる時まで待ってくれないかな。申し訳ないが……」

と恐縮しながら言った。

オジさんの話に、セイイチロウを見てハヤミは、「それでいいです」と答える。

「昨日の今日で、こちらこそすみません。気にせず食事を進めてください。ボクはすでに、いただいていますので」

と明るく答えた。

「そうかい、すまないね」

気を楽にしたオジさんが御猪口《おちょこ》を手に、お酒をチョビッと口に運んだ。ベタベタとした、甘い発酵酒の鼻にツンとくる香りが漂い、ハヤミは、クスッと笑える。大人は皆、お酒が大好きだ。今年のお盆の席では空の一升瓶にビール瓶がどのくらい、出るのか、見当もつかない。

「うまい、実にいい気分だ」

カズミは、男の子達に囲まれて、嬉しそうな父を前に、女二人に父一人の日常生活を思い、何も言えない。

「分かったから、飲み過ぎには注意してよ」

と言ってカズミは、居間のテーブル席で食事をする寺のイチ兄とユキ兄を、前に訴える。

「うちの両親って我が儘、好き勝手だから、本当、困っちゃうのよね」

それでついカズミは、両親の気を引きたくて爆弾発言を、してしまったりするのだ。

「それで二人共、これでいいの」

とカズミが食事中の二人に言って、さらに伺い尋ねる。

「昔に何があったのか、知りたくないの」

そして、自分の父を残念そうに指さす。

「父さんはアレだし母さんは休んでるし、これからどうするの。母さんが話してくれるまで待つの、いつになるか分からないのに」

従妹の、カズミの話にハヤミは、答える。

「別にいいよ、知らなかったことがある程度、分かったし」

そして、明るく答えた。

「明日、おとなしく家に帰るよ。いろいろとね、予定もあるし、最初から、長居をする気はなかった。もう充分だよ、カズミちゃん。心配してくれて、ありがとう」

ハヤミは、玉葱を、パクリと口に入れた。甘酢餡を絡めた、美味しい酢豚だった。

その夜、ハヤミは、セイイチロウと一緒にお風呂をいただいて、旅路の疲れに定刻の九時半すぎには、すでに床に着いていた。

〝父さんに、弄ばれた気分だ〟

セイイチロウは、自分の父親に連絡を、入れる。これといった話もなく、セイイチロウは、明日帰ると言って電話を切ったのだ。

ま、すべては戻ってからだな。茶髪のアイハラッグミがどうするのか、それは本人が決めることだ。オバさんがアイハラに言った、〝訪ねてみたら〟とは、そういうことだ。一度、寺に戻り、集会に、謝罪の意を示してもらえれば、その後は、アイハラがどこに向かおうと咎める者はいない。

すべては戻ってからだと布団に横になるセイイチロウは、夏のタオルケットに、目を閉じた。

コンコンと扉を叩く音がしたような気配に、セイイチロウは、眩しい明かりに手を翳《かざ》す。逆光に立つ人影。

「ごめんなさい」

と言って、廊下の明かりに見えたオバさんの横顔に、咄嗟に言った。

「待ってください」

セイイチロウは羽織りを手につかみ、部屋の扉に飛びついた。

「どうしました」

セイイチロウは、手の羽織りを和装の寝間着姿に重ねて、袖を通す。

「外に出ない？」

と、うつむき加減になるオバさんの様子にセイイチロウは、答えた。

「分かりました。行きましょう」


家の外は暗く、もわっと立ち籠《こ》もる夏の熱気に目が、回りそうだ。寺の敷地とは違って蒸し暑く、セイイチロウは、早くも後悔する。夜風に当たる、どころの話ではない。

高温多湿なバタークリームの中を風もなく、頭を突っ込んで、ダラダラと流れる汗に夜道を歩く。そんな蒸し暑い夏の夜の気分に、セイイチロウは、扇子で顔を、煽ぎたくなる。夜のアスファルトを、懐中電灯に照らして歩くオバさんは、黙り込んだままだ。

「夜の散歩は危険ですよ。どこまで歩きますか」

とセイイチロウは言った。

「そうね、ごめんなさい。もう少し歩いた先に川があるの。だからそれまで、待《ま》ってちょうだい」

と、意味ありげなオバさんの声に、セイイチロウは、よほどなわけがあるらしいと、おとなしく、蒸し暑い夜道に足を進めた。

セイイチロウは昨夜遅く、布団に戻った。

心地いい一夜の眠りを「邪魔だ」と、ハヤミの乱暴な布団上げに畳を転がり、無理失理な朝の目覚めに叩き、起こされたのだ。

欠伸《あくび》に、視界がボヤける。

シャコシャコと歯を磨いてセイイチロウは、両手にすくう水道水で口の中をすすぎ、顔を洗う。ふう、と一息にセイイチロウはタオルを求めて、顔と腕の水分を拭き取った。

身支度を、調える朝の、慌ただしさは、どこの家も、同じである。

「すまないね、ツガワ君。それじゃ」

とオジさんの姿が玄関扉に、消えたのだ。休日出勤とは、大変だな。と、セイイチロウは客間を引き上げて、居間に足を向けた。

「あら、おはよう、ツガワ君」

清々《すがすが》しい笑みを見せる、ダイニングキッチンのオバさんの様子に、セイイチロウは、

「すみません、何もお手伝い、できなくて」

と、申し訳なく言った。

案の定、ハヤミの皿に野菜が残っている。料理上手な、マキさんの手料理も、どうかと思いながらセイイチロウは皿を手元に置く。口には出せないが、昨夜、ハヤミが食べた酢豚料理は、セイイチロウが

野菜の下拵えをして、味付けを施したものだ。

にがッ……。

野菜のサラダ、というより生の野菜を切って皿に盛り付けた、だけで、味付けがなされてないのだ。これではハヤミの箸が止まる。何よりも先に野菜の苦味を抜かなくては、始まらない。

セイイチロウは、昨日の手伝いに台所の調味料を拝借に、塩を振ってササッと済ませて水を切る。あとはシンプルにマヨネーズ和えに、味を、整える。それだけだった。

「残さず食べろ」

とセイイチロウはハヤミの前に、戻した。ハヤミは、出されたものを素直に、口にする。トマトにキュウリ、セロリにアボカドの生サラダを、会話を交えながら、空にしていた。

オバさんの手が急に慌ただしく、時間に追われて、「仕事なの」と言った。セイイチロウは、オジさんに続きオバさんも、大変だなぁと、見送る。

「それじゃカズミ、母さん出かけるから、あとを、お願いね」

と玄関の音に、「行ってらっしゃい」と、カズミちゃんの声に、家の中が急に、静かになる。

「オレ達もそろそろ、失礼しよう」

と、セイイチロウは、旅行バッグを手にする。

茶髪のアイハラツグミはおとなしく、自分のバッグを肩にかけるが、肝心な、ハヤミの姿がどこにもないのだ。先ほど、オバさんの見送りに顔を出して、なぜか戻って来ない。

家の間取りを考えて、二人はどうやら、玄関横の階段を二階に、上がったらしい。他に身を隠せる場所もなく階段を、上がるセイイチロウは奥に続く、廊下に、ハヤミの部屋に入る背中を見る。そこはちょうど、オバさんがフォトアルバムをめくっていた、例の、寝室である。

何をしているのか。一応、イトコ同士の結婚は法律で、認められてはいるが、果たして二人がそこまで考えているとは、思えないのだ。

「ほらね、やっぱり。ここだけはいつも鍵が、かかっているのよ。何とかならない」

と、ベットルームの奥に開いた、納戸の辺りから、カズミの声が、聞こえたのだ。スッとセイイチロウは足を進めた。

「どうだろう。下手に触ると壊れて、二度と、開かないよ。それにここ、オジさんにオバさんの私物しかないよね。家の中でこんなことをすれば、亀裂が入る。やめた方がいい」

と、ハヤミの声がした。足元を引き返したハヤミが、ふと、気付いた。

「何だセイイチロウ、来てたのか」

と疲れに言ってハヤミが首を振り、答えた。

「人の秘密を探るのは、どうかと思う」

と寝室を、出て行ったのだ。何も知らずに、連れ込まれた。という印象を受けて、セイイチロウは、腑に落ちない顔で現れたカズミに、声をかける。

「ハヤミに謝った方がいい、このままでは多分、あいつは二度と口を利いてくれない。ケンカ別れに付き合いを止める気なら、オレは、別に構わないし、気にもしない」

と、カズミに前を開けた。

「もう」

とカズミが激しい勢いに身体を揺らして、寝室を、出て行ったのだ。


ハヤミは、あるがままを捉える。そこに雑念はない。セイイチロウが忠告をしなければハヤミはカズミを、〝人の秘密を探る女〟として、頭にインプットする。それがナイーブなハヤミの、性格の現れでもあった。つまりハヤミは、英語読みの〝愚者〟、信じやすく融通が利かない、という意味である。

階段を下りる先から、声がした。

「もういいよ、分かったから」

と、ハヤミの声が耳に届く。

「オレはただ、父さんに行けと言われてここに来た。だから今回のことはすべて、忘れるよ。どうやらオレには関係のない、話らしいからね。家に戻り次第、マキさんに話を聞くよ」

と言ってハヤミが明るく、

「それじゃ。遊園地、楽しかったよ。オジさんやオバさんによろしく。またね、カズミちゃん。今度はバドミントンで、勝負しようね」

玄関を出るリュックのハヤミに続き、ペコリと頭を下げる茶髪の、アイハラツグミが玄関の扉を、抜けて行った。取り残された、カズミにセイイチロウは、どうしたものかと思う。

「あの二人は全くの赤の他人だ。ハヤミは一人っ子で兄弟妹《きょうだいいもうと》はいないよ」

と言って玄関で、靴をはく。発言に驚いてカズミは、

「それじゃ昨夜、母さんと一緒に家を出たのは、イチ兄の方だったの」

暗闇の中での、和服姿に、カズミは、ユキ兄だと思っていたのだ。

「でもどうして。どうしてそんなにはっきりと言えるのよ。母さんと何があったのよ。でなきゃアタシ一人、バカじゃない」

とカズミは、込み上がる悔しさに熱く、涙を覚えた。

セイイチロウは、仕方なく、答える。

「親子鑑定だよ、DNAの」

と言って、ハヤミ家の風習を思う。

「昨夜のオバさんの話では十七年前、ハヤミ家ゆかりの神社に納められた、ハヤミの父親の、筆《ふで》の毛髪に母親の唾液を親子鑑定に、二体の赤子を調査したそうだ」

と言って、昨夜聞いた内容を話す。

「結果は自《おの》ずと知れたことだ。嫡子のハヤミは問題なくハヤミ家の息子で、もう一人は、まったく見ず知らずな他人の赤子だった。しかし一度、町に広がった噂はすぐには消えない。それが元でハヤミの母親が心労に亡くなり、姉である君の母親は、許せない気持ちになるしかなかった」

セイイチロウは、カズミに、

「君をハヤミ家に寄越してほしいと、マキさんからの手紙に、相当、気持ちの葛藤があったそうだ。君とハヤミはいとこ同士だ。その現実がオバさんの心を動かした」

と言って、

「オバさんを、大切にしてやってほしい。ハヤミはオバさんにとって、たった一人の、妹さんの忘れ形見なんだよ。オバさんの中では〝写真のあの子〟になってる。ハヤミは可愛い、でもそれは妹が産んだ子で自分の子ではないと、ちゃんと分かってる。今はまだ、オバさんの気持ちがついていけずにグチャグチャに混乱して、当時を語り、聞くには難しい。いずれ話をすると言ってたから、それまで、待ってくれないかな」

セイイチロウは、カズミに、言い聞かせる。

「間違っても両親の部屋を勝手に漁《あさ》るなど、それこそ両親にバレた時、ただでは済まないと思う。お互いに嫌な気分になって、それこそ話にならない。自分の親を信じて待つのも子供の務めだと思うよ。それじゃ」

「待って」

と、カズミが、止めたのだ。

「ユキ兄はその話、知ってるの、自分のこと、母親のことをユキ兄は知ってるの」

「いや」

動揺するカズミにセイイチロウは、

「あいつは自分で答えを、見つけるよ」

と言った。

「実はオレも、オバさんの話がなければマキさんに話を聞こうと、思ってたから。昨日の夕飯の席でオジさんの話を聞いて、ちょっとね、このあたりに引っかかった、から。ま、今のハヤミは自分の父親に、無駄足を食らわされたと昨日の入浴から少し、ご機嫌斜めにグレてるけどな。それも明日になれば意外にケロッとしてるよ。自分で納得できれば、それでいいような奴だからな」

と言ってセイイチロウは、

「それじゃカズミちゃん、また今度ね」

玄関の扉を開けてスッと、外に出る。

すでに、夏の陽気にウンザリとしてセイイチロウは、ハヤミの姿を捜して、道路の木陰でムスッとした顔色に、少し笑う。

「ちょっとね、カズミちゃんに捕まって」

「もういいよ、行こう」

と、ハヤミが言った。

セイイチロウは、まぁいいか、と思いながら駅行きの、路線バスに三十分ほど揺られて、新幹線で、帰路に着く。車窓を眺めるハヤミは静かで、おとなしい。ように見えるが〝触らぬ神に祟りなし〟である。マキさんに話を聞いてみる。むしろ自分の父親に弄ばれたと、根に持っているようだ。今のハヤミが何を考えているのか、ある程度の察しがつくセイイチロウは、新幹線の指定席を離れて、アイハラツグミに「来てほしい」と声をかける。一応、話をつけておく必要があったからだ。

意外におとなしくついてきたアイハラツグミは、疲れたような顔で「何」と言った。

セイイチロウは、昨日のオバさんの行動を思い、手渡されたはずのメモ用紙に、「当たってみるのか」と聞いた。アイハラの肩を固く、拒否するような反応にセイイチロウは、

「悪い、話が突飛すぎた」

と言って少し、後悔する。ハヤミや友人を相手にしては何の気兼ねも要らずに、すんなりと話に乗れるが、やはり、女を相手にしてはそうもいかない。

セイイチロウは、寺の事情に八月盆を前に、忙しい立場の自分を説明して、

「一人でやって行けるのか」

と聞いた。

アイハラの茶髪が下がり、だんまりになる。

セイイチロウは、こういう話の途切れが一番、嫌いだ。

質問の内容は理解できている癖に、何故、喋らない。

セイイチロウは壁を背に腕を組み、ワックスが掛けられた新幹線車両の床を、眺めて、何をやってるのかと自分が、変に感じる。

墓地の、神出鬼没に迷惑した女を気にする自分に、呆れながらセイイチロウは、歯切れの悪さにどうしてくれようと思う。

ハヤミの親父さんを、巻き込み、母親を死に追い遣り町を、メチャメチャにした張本人の娘。だと断定できないが、すべては十七年前の年の瀬に、例の写真を持ち込み、〝親としての責任〟を、追及されたことにあった。

その人物がどこの誰で男なのか女だったのか、泣き崩れるオバさんの口からは〝それどころじゃなかった〟と聞かされて、セイイチロウは、分からずじまいだ。

真相はどうであれ、一連の出来事にハヤミの母親が心労に他界して、事もあろうか姉のオバさんが赤子のハヤミを引き取ると願い出た。嫡子のハヤミをお祖母さまが手放すはずもなく、オバさんは、心に魔が差したような行動に、ハヤミを連れ出した。そのことはハヤミ家の家政婦の、マキさんしか知らないと、セイイチロウは、昨夜の川原でオバさんから聞かされた。

ま、そんなこんなでオバさんはただ〝子供が欲しくて結婚した〟と、告白されては誰にも言えない。すべては自分の胸の内に仕舞い込み、セイイチロウは口に、出すつもりはない。

しかしその、十七年前の問題の、写真を持つ人物が現れた。赤の他人とはいえ、その時の驚きなオバさんの焦りを思えばこそ、アイハラツグミに下手《へた》な動きをされては困るのだ。

「お前さ、いい加減にしろよ。さっきから見てりゃだんまりで。どうして欲しいのか言ってくれなきゃ、動きようがないんだ」

と言ってセイイチロウは、茶髪のアイハラを見る。俯き加減に何かを抱え込んでいるような、明らかに警戒されてるように、見える。

「何が、知りたいんだ」

茶髪が揺れて、シュンと沈むアイハラに、セイイチロウは、情けないと思う。俯きに、腐ったその根性を今すぐ叩き直したいと思いつつ、なぜか一歩、踏み込めない。アイハラの、悲観的な態度が、セイイチロウに足を引かせるようだ。

「それで、何が知りたいんだ」

セイイチロウはすでに、諦め的な気分に、気持ちが逸れていた。

「教えてよ」

と、こもり声に茶髪が揺れて、

「何かもう、どうでもいい気分なのよ」

と、悲観の叫びに近く、アイハラが言った。セイイチロウは、また始まったと思い、

「それで」と言った。寺の親父を前に散々、己の不幸話を吐いた女だ。セイイチロウは今さら一つや二つの泣きごとを聞かされようと、驚かない自信があった。

「……のよ。アタシって何なのよ、教えてよ」

と、アイハラツグミが訴える。

「何のために生まれてきたのよ、何のために生きてるのよ。何もないわよ、あの人の言う通りよ。だから って何、あなたがアタシを救ってくれるの、どうやって。気休めな同情なんて要らないわ。自分が惨めになるのよ。すべてを、忘れたいのよ。そうよ、ハヤミの、彼の、言う通りなのよ。やっと忘れようと思ったのに。それをアナタがメチャクチャにしたのよ」

セイイチロウは、驚いた。

（下巻へ続く）

著者プロフィール

堂夢 真子（どうむ まこ）

1969年生まれ、熊本県出身。

白いカラスとミコの護符　上巻

2015年9月15日　初版第1刷発行

著　者　堂夢 真子

発行者　瓜谷 綱延

発行所　株式会社文芸社

〒160-0022　東京都新宿区新宿1－10－1

電話　03-5369-3060（編集）

03-5369-2299（販売）

印刷所　株式会社フクイン

ISBN978-4-286-16515-8